KB126983

2023 경기히든작가 선정작품집

제 7회 경기히든작가 수필 부문

일러두기

1. 이책은 경기콘텐츠진흥원이 주최한 '2023 제7회 경기히든작가' 공모전의 수필 부문 작품집입니다.

2. 한글맞춤법을 따랐으며, 저자가 강조한 부분은 고딕체, 혹은 굵은 글씨로 표시했습니다.

3. 작품은 작가의 이름 가나다순으로 수록되어 있습니다.

2 0 2 3

경기히든작가
선 정 작 품 집

제 7회 경기히든작가
수필 부문

커피가 쓴 이야기

김아름

제 7회 경기히든작가 수필 부문

커피가 쓴 이야기

김아름

'아, 목말라'

무사히 시간에 맞춰 강릉행 KTX에 탑승했다. 구두보다 발 편한 운동화를 신고 나오길 잘했다. 뛰지 않았더라면 기차를 놓쳐버렸을 것이다. 출발하자마자 갈증을 느꼈다. 뛰어서 기차를 탔기 때문인지 호흡이 가빠져서 기침이 났다. 물을 마시면 가라앉을 것 같았다. 코로나 시국이라 객실 안은 취식도, 대화도 금지였다. 객차 안은 얼마 전 치러진 수능 시험장처럼 적막하며, 긴장감으로 팽창해서 터져버릴 것 같았다. '전화 통화도 객실 밖을 이용해 달라'는 안내방송이 들렸다. 객실 사이에 최신식 자판기가 설치되어 있으나, 내가 있는 칸과는 멀었다. 많은 사람을 지나쳐 다녀오기는 내키지 않았다. 내 기억에서 기차여행의 낭만은 객실 승무원이 끌고 다니는 카트에서 주전부리를 사서 수다를 떨며 먹는 것이었다. 달라져 버린 세상 풍경들이 내게 옛날 사람이라고 말해주는 것 같아 '혼자만의 첫 여행'

으로 부푼 마음이 조금 가라앉았다. 예전에 알던 기차여행의 낭만과 재미는 사라졌으나, 혼자서 하는 기차여행은 이런 분위기가 더 자연스러울지도 모른다고 스스로 위로했다. 다른 이들의 소리에 섞이지 않아도 되니까. 강릉에 도착하면 실컷 커피를 마실 테니 조금만 참자고 생각했다.

오른쪽으로 고개를 올려다보니 천장에 달린 모니터에서 나오는 뉴스가 보였다. 시의성 기사로 '올해의 책들'이 나오길래 눈길이 머물렀다. 마침, 내가 마흔 살이 넘어 처음으로 혼자만의 여행을 하도록 충동질한 책도 소개되었다. 가상화폐 투자로 33억이라는 일확천금을 번 내용의 베스트셀러, 〈달까지 가자〉였다. 사회학을 전공한 작가는 사실적으로 코인 그래프를 펼쳐놓고 소설을 썼다고 했다. 어떤 이들은 그런 호시절을 놓친 것에 아쉬워하며, 또 다른 기회를 기다리며 코인 계좌를 개설했다. 하지만, 나는 뼛속까지 문과생이며 철학을 전공한 사람으로 '돈'보다는 다른 것에 끌렸다. 강릉에서 커피를 마시고 싶어졌다.

소설 속 평범하고 무난한 주인공들은 같은 회사-마론제과에서 일하는 여자 동기들로서, 무엇보다 흙수저라는 공통점으로 친해졌다. 그들은 점심 후 커피빈 기차 칸에서 수다를 떨며 회사 스트레스를 풀고 서로의 처지를 보듬었다. 내가 전에 일하던 곳도 1층에는 스타벅스가 있었고 한 두 블록을 지나면 커피빈이 있었다. 상대적으로 스타벅스에서는 사람을 많이 마주쳤고, 커피빈에서는 덜 마주쳤다.

커피가 쓴 이야기

그리고 나는 일명 별다방보다 콩다방 분위기가 더 좋았다. 별다방에서는 커피를 즐긴다는 기분 보다는 그들이 꾸며놓은 세트장에 어울리는 마론인형처럼 스타일을 갖춰야 할 것 같았다. 콩다방에서는 좀 더 편하게 커피 그 자체를 즐길 수 있는 분위기였고, 무엇보다 콩다방 커피가 고소함과 풍미가 더 느껴져서 내 입맛에도 잘 맞았다. 나는 커피빈에서 커피를 배웠다. 소설 전반부부터 커피 소재에 동질감을 느끼며 빠져들었다.

코인 투자로 돈을 벌기 시작한 그녀들은 강릉 경포대 카페에서 마지막을 함께 한다. 전문 바리스타가 직접 로스팅한 원두를 그라인딩 해서 세심하게 맞춘 적절한 온도로 정성스럽게 내려주는 핸드드립을 마시며 자신들의 현재가 과거와 달라졌음을 온몸으로 체감한다. 이 장면이 내 마음을 충동질했다. 다이어리 버킷리스트에 지리산 종주에 이어 '강릉에서 커피 마시기'라고 적었다. 물론 강릉에 가본 적은 있었다. 그렇지만, 챙겨야 할 가족들-아이와 부모님 등과 함께 하는 여행에서 오롯이 나만을 위해 커피를 마시는 여유가 비집고 들어올 틈은 없었다. 이상하게도 그 여행의 잔상은 마치 빛바랜 폴라로이드처럼 뿌옇다. 무엇을 먹었는지, 어떤 풍경을 봤는지, 어떤 기분이었는지, 내 기억은 텅 비어있다. 내가 하고 싶은 것을 못 했기 때문일까. 무의식적으로 기억하기 싫었던 걸까.

보름 전쯤, 스마트폰으로 큰 글씨 책을 검색하다가 '2021 강릉 커피 축제' 광고 배너를 봤다. 망설임 없이 접속해서 축제 첫째 날 사

전등록을 신청했다. 신청 정보에 소속을 입력할 필요 없어서 좋았다. 아이들을 낳고 키우며 2번의 퇴사를 했고, 나는 원하면 언제든 일을 할 수 있다고, 사회에서 다시 직장인 명함을 가질 수 있다고 자신했다. 전업맘, 주부라는 키워드로 나를 정의하고 싶지 않았다. 하지만, 세상은 늘 어떤 소속이냐고 확인했다. 이런 행사 참여조차도 소속을 물었다. 나를 어떻게 표현해야 하는지 몰라서 '기타'를 택하곤 했다. 나는 착실하게 진학, 취업, 결혼, 출산, 내 집 마련 등을 부모님의 도움 없이 완수해왔다는 자부심이 부서졌다. 나라는 사람이 부유물처럼 떠다니다가 풍파에 녹아 없어져 버릴지도 모른다는 상상까지도 해버렸다.

나는 커피 축제를 인생 첫 혼자만의 여행으로 계획하고 기차에 탔다. 내가 언제 기차를 타고 동해에 갔었더라, 약 20년 전에 C랑 갔었구나. 동갑내기 캠퍼스 커플이었던 그와의 연애담은 오직 순도 100의 감정들로 가득했다. 그건, 스무 살 시절에만 가능한 일이었다. 언젠가 스르륵 겨울이 다가올 무렵이었다. 전화를 끊기 싫다며 밤새 통화를 하다 '겨울 바다가 보고 싶어'라고 말했고, 서로 그 마음을 참지 못해 청량리역에서 만나 동해로 가는 새벽 첫차를 탔다. 처음이자 마지막 여행이었다. 그런 흔한 이야기의 예상 가능한 결말대로 이듬해 봄 그가 입대하며 헤어졌다. 나는 이별 영화 속 주인공처럼 심장이 아파 가슴을 부여잡고 다녔다. 심한 일교차로 긴팔과 반소매를 고민하던 어느 날, 더위를 식히러 커피빈에 들어갔다. 주문대에서 아무 생각 없이 '오늘의 커피'를 시켰고 뜨거운 아메리카노를 마셨다. 그런데, 이상하게 한 모금씩 마실수록 심장의 통증이 사라지는 것 같았다. 사랑의 아픔이 에스프레소의 씁쓸한 맛으로 바뀌어 그 맛을 느낄수록 이별까지도 추억이라 기억하는 어른이 되는 것 같았다. 그렇게 나는 어른의 커피 맛을 알았다.

강릉역으로 향하는 기차 안에서 가방 속 다이어리를 꺼내 펼쳤다. 지난 며칠, 커피 축제를 기다리는 동안 삶은 내게 더듬더듬 뭐라 말하고 있었다. 하지만 나는 그것이 무엇인지 정확히 알지 못했다.

*

몇 주전, 대장암 말기로 투병 중인 외삼촌의 병문안을 다녀왔다. 엄마는 평소 위로 띠동갑인 외삼촌을 아빠처럼 의지했던 터라 병시중에 정성을 다했다. 이혼한 삼촌을 사촌오빠가 챙겼지만, 엄마는 삼촌의 배우자처럼 병원에 갈 때마다 함께 했다. 최근에 팔꿈치 뼈까지 암세포가 번져서 수술받은 후에는 간병인 노릇까지 자처했다. 수술 이후 외삼촌 상태는 날이 갈수록 악화했고 병원에서는 더 이상 치료가 무의미하다며 호스피스 병동에 갈 것을 제안했다. 출근길 지옥철 못지않게 언제나 환자들이 꽉 찬 대학병원에 마땅한 병실이 없어 근처 요양병원으로 옮기셨다. 연명치료도 거부한 상태였으니, 왠지 이번에 외삼촌이 돌아가실 수도 있겠다는 직감이 들었다.

사촌오빠는 후두까지 암세포가 번진 삼촌이 드실 수 있는 것은 액

체류뿐이라고, TOP 캔 커피 블랙을 사 오라고 했다. 너무도 정확한 브랜드 이름과 맛 종류까지 들으니 반드시 커피를 사야 한다는 강박에 사로잡혔다. 전화를 끊고 바로 엘리베이터를 타고 지하 2층 버튼을 눌렀다. 급히 내려간 단지 내 편의점에는 라테류만 있었다. 건너편 단지 몇 군데를 거쳐 그 커피를 겨우 샀다. 막상 병원에서는 방역 때문에 병실로 가져가지 못하고, 현관 안내대에 맡겨야 했다. '코로나 PCR 검사결과 이상 없음' 문자를 보여주고, 방호복 비용 1만 원을 냈다. 직원이 내민 일회용 방호복은 아주 얇은 비닐 소재로 햇빛과 바람에 오래 방치된 비닐하우스처럼 손톱 끝에 걸리면 금방이라도 찢어질 것만 같았다. 이것을 방호복이라 부를 수 있을까, 난감했다.

6인 병실 미닫이문을 열자마자 오른쪽 창가 한쪽에 무언가 반짝거려 시선이 갔다. 유리창을 뚫고 들어오는 가을 햇살이 캔 커피 표면에 반사되었다. 그 옆이 바로 외삼촌 자리였다. 병실 안 텔레비전에서는 종합편성채널의 음악 경연프로그램이 무심히 흐르고 있었다. 아마추어 가수들의 흥이 요양병원의 무거운 적막함을 별일 아니라는 듯 감쌌다. 가을의 풍요를 꾸며내는 것 같았다. 외삼촌은 돋보기 안경을 쓴 채로 책을 읽고 계셨다. 죽음을 앞둔 상황에서도 외삼촌이 커피를 마시고 책을 읽는다는 사실이 놀랍기만 했다. 몇 년 만에 마주한 외삼촌과 안부 인사 몇 마디 건네고 나니 달리 할 말이 없었다. 외삼촌도 가래 기침 때문에 말씀하시기도 어려웠다. 나는 다음 면회 때는 요새 어르신들이 편하게 볼 수 있는 큰 글자 책을 사서 오겠다고 말하고 돌아섰다. 집에 가는 길 스마트폰을 검색해서 법정 스님의 〈스스로 행복하라〉를 샀다.

자꾸만 병원에서 봤던 방호복, 책, 캔 커피 등이 떠올랐다. 나풀거릴 힘조차 없이 정전기를 일으키며 옷에 달라붙던 방호복이 마치 내 처지 같았다. 코로나 시국과 함께 나이 마흔을 기점으로 내게는 사십춘기가 깊게 찾아왔다. 나는 앞으로 가지 못하고 과거의 소용돌이 속으로 자꾸만 빠져들며 현재를 이탈했다. 마흔, 경단녀, 코로나 가정 보육, 일상 멈춤이 이어지며 내 생각과 감정들은 까만 동굴 속에 갇혀버렸다. 어떻게든 내 두 발로 땅에 서서 버티기 위해 애썼다. 몸을 쓰고, 다이어리를 썼다. 감정을 토해내던 나만의 일기장에, 시간이 지날수록, 몸을 쓸수록 의지를 하나씩 더해 버킷리스트를 작성하기 시작했다. 버킷리스트는 나를 움직이게 만드는 새로운 지도였다. 중학교 시절 100m 달리기를 26초에 뛰던 저질 체력을 가진 내가 1주일에 2~3번씩 10km를 걷고, 10km 달리기를 몇 번 완주하고, 자전거 100km도 완주했다. 버킷리스트를 쓰고 지우면서 납작했던 내가 조금씩 살아나기 시작했다. 1000 피스 퍼즐을 맞추고, 집 가구 배치를 바꿔보고, 마크라메-매듭공예도 해보고, 내 취향의 탁상 스탠드를 사고, 어릴 때처럼 앉은 자리에서 꼬박 책 한 권을 읽고, 일기를 썼다. 어떤 즐거움들이 느껴졌지만, 여전히 심지는 빈 채였다.

60대 초반, 젊다면 젊은 나이에 죽음을 앞둔 고등 생명체. 독서라는 지적 활동과 동시에 참을 수 없는 식욕을 어떻게라도 채우는 것을 보며 인간의 생존본능이 애잔하게 느껴졌다. 한편으로는 삼촌의 마음이 이해되기도 했다. 나 또한, 지난 몇 달간 장염과 위염으로 고생하는 것보다 커피를 참는 것이 괴로웠기 때문이다. 나는 커피 때문에 남편과 결혼을 결심했을 정도로 커피를 좋아했다.

 - 1층 카페에 새 시즌 음료가 나와서 샀는데, 맛보세요.
회사 신입직원 오리엔테이션에서 만난 남편은 내게 커피를 건넸다. 나는 그를 처음 봤지만, 그는 입사 전형 때부터 언제나 커피를 들고 다니던 내가 기억에 남았다고 했다. 9개월 정도의 교육이 끝날 즈음 우리는 사내 커플이 되었다. 부서 배치받고 실무에 투입되기 전까지 약간의 시간이 있었고 우리는 함께 홍콩행 비행기에 올라탔다. 여행 준비를 하면서 내가 제일 먼저 마련한 것은 텀블러였다. 환율 차이로 한국보다 저렴하게 프랜차이즈 커피를 마실 수 있었다. 나는 하루에도 몇 번씩 초록색 간판이 보이면 들어갔다. 매장 안에서 다음 목적지를 정하며 쉬기도 하고, 테이크아웃으로 텀블러에 담아 언제든 커피와 함께였다. 쇼핑의 천국이라는 홍콩에서 나는 명품백이나 화장품 따위는 쳐다보지도 않았다. 나는 그저 내가 마시고 싶은 대로 커피를 마셨고, 그럴 때마다 그는 좋아하지도 않는 커피를 마시면서 자연스럽게 내 옆에 있어 줬다. 나의 취향을 이해해 줄 수 있는 사람이라면 나를 이해해 줄 수 있을 것 같았다. 여행지에서 돌아올 때 우리는 미래를 약속했다.

커피가 쓴 이야기

막연히, 커피로 어떤 욕망을 표현할 수 있지 않을까, 그런 이야기를 써보면 어떨까 하는 마음이 들었다. 하지만, 대학 때 문학이나 문예 창작을 공부한 것도 아니고 도무지 어떻게 표현해야 할지 몰랐다. 모르는 것을 어떻게 배워야 하는지조차 알 수 없으니 더 막막했다. 요즘은 무엇이든 영상 속의 유 선생이 가르쳐준다. 그래서 운동, 그림, 악기, 외국어, 운전, 음식까지도 다 배울 수 있다는데 아무래도 글쓰기는 그런 범주가 아니었다. 작가가 글 쓰는 모습을 내내 찍어서 보여준다고 한들, 알 수 있는 것은 글자뿐이었다. 어떻게 영감을 얻고, 그것이 가슴과 머릿속에서 발아해 단어가 되고, 단락의 줄기를 세워서 한 편의 글로 완성되는지 도무지 알 수 없었다. 글쓰기 강좌를 몇 개 찾아서 들어봤지만 큰 의미는 없었다. 그들의 표현을 그대로 가져다 쓰는 것은 표절이었고, 내가 하고 싶은 이야기도 아니었다. 무언가 마음을 두드리기 시작했지만, 어떻게 단어와 문장으로, 문단으로 뼈대를 만들어 3D 입체의 세계로 초대할 수 있을지 막막하기만 했다.

*

"KTX-이음 855호 열차, 이번 역은 평창입니다. 다음은 이 열차의 종착역 강릉입니다."

다이어리를 보며 단상들에 젖다 보니 허기가 졌다. 스마트폰을 열고 강릉 맛집을 검색했다. 수제 어묵, 크로케, 커피 빵, 육 쪽 마늘

빵, 김치말이 삼겹살, 물회, 장칼국수 등…. 혼자 다 먹지도 못할 것들을 눈으로 먹고, 손으로 썼다. 강릉 카페들은 워낙 많아서 검색을 포기했다. 다만, 아직 내가 먹어보지 못한 커피, 파나마 에스메랄다 게이샤를 수첩에 적었다. 신의 눈물이라고 불릴 만큼 최고의 맛과 향을 자랑하는 커피라고 한다. 강릉에서 게이샤 핸드드립 커피를 만날 수 있을까.

드디어 종착역에 내려서 건너편 투어버스를 찾아 밖으로 나왔다. 바닷가까지는 20여 분 걸리지만 투명한 햇살과 바람을 타고 바닷가의 비린내가 실려 오는 것만 같다. 축제 첫날이라서 그런지 안내판도 제대로 없었지만, 신경 쓰이지 않았다. 이조차도 여행에서 자연스럽게 생겨나는 부스러기라고 여겨졌다. 종양이나 암세포도 결국 살아있음에 대한 증거라는 말을 언젠가 읽은 적이 있다. 생명이 없는 곳에는 종양도 없으니까.

투어버스에는 나 혼자뿐이고, 20분 단위로 운행하는 버스가 출발하기까지 10분 정도 남았다. 팸플릿을 보며 행사장으로 갈까, 해변가 카페에 갈까 고민했다. 출발 직전 나와 비슷한 또래로 보이는 세 명의 일행이 탔다. 빈자리에 그녀들의 이야기가 앉았다. "어제 아파트 계약금으로 4,700만 원을 쐈어. 운 좋게 투자용으로 미분양 된 걸 하나 잡았어. 요즘은 집 있으면 청약 당첨은 꿈도 못 꾸는데 말이지, 그래도 요새 부동산만 한 재테크가 없으니 어떻게든 기회를 노렸지. 너는 내가 얘기해줬는데 왜 안 했어? 집 없이 평생 살 거야?

나이가 이 정도 됐으면 집 한 채는 있어야지. 이번에 정말 좋은 기회였는데…."

굳이 기차 타고 바닷가까지 와서 부동산 얘기를 듣다니 더욱 갈증이 났다. 그런 것들은 단지 놀이터에서 듣는 것으로 충분했다. 다행히 그녀들은 말 한대로 셔틀 코스 두 번째 정류장 카페 거리에서 내렸다.

나는 조용해진 버스 차창 바깥의 풍경을 가득 담으며 종점까지 갔다. 해변 캠프장에 있는 행사장에 내리니 10m 앞에 바로 바다가 펼쳐졌다. 늦가을의 바다는 여름과 달리 아주 조용했다. 계절 따위 상관없이 바닷바람은 시들지 않았고 내 얇은 머리칼이 계속 흩날렸다. 주변에 들어갈 만한 카페가 없어서 아쉬웠다. 행사장으로 들어서니 수망 로스팅과 핸드드립 시연에서 풍겨오는 커피 내음이 아쉬움을 달래주었다.

- 오늘 원두는 저희 카페에서 브라질과 에티오피아 커피를 섞은 거예요. 강배전 로스팅이어서 물 온도는 88도에 맞췄어요. 커피는 물 온도에 따라 맛이 달라져요. 원두 상태, 그러니까 로스팅이나 그라인딩 상태에 따라 또 달라져요. 그래서 전문 바리스타가 있는 거예요. 그리고 커피를 내리기 전에, 원두에 전체적으로 살짝 물을 부어서 약간의 뜸을 들이는 것도 중요해요. 이거 보세요, 빵처럼 부풀죠? 이제 물을 살살 부어주세요.

핸드드립 시연을 보며 커피 한 잔에 이렇게 많은 정성이 필요하다니 놀라웠다. 똑, 똑, 똑 한 방울씩 떨어지는 커피를 바라보며 삶의 고단함이 느껴졌다. 나 자신을 담금질해서 얻는 세상의 숫자들이 허망하고 쓸쓸했다.

- 커피 한 잔을 내리면서 쓰이는 원두는 1%도 안 된다는 사실을 알고 계세요? 99% 이상이 버려져요. 저희는 그 부산물을 활용해 일상 속 친환경 제품들을 만들고 있어요.

행사장에서는 커피 이외에도 다양한 것을 판매하고 있었다. 커피 부산물로 만든 연필, 크레파스, 화분 등이 눈에 띄어 몇 가지 샀다. 평소 나는 커피를 좋아하면서도 커피 찌꺼기는 불편했다. 생각보다 찌꺼기가 많은 것도, 젖은 찌꺼기를 만지는 것도, 보는 것도 싫었다. 집에서 쓸 커피머신을 캡슐형으로 구매한 것도 그 때문이었다. 에스프레소 머신을 사용하는 것보다 커피 찌꺼기를 조금 덜 만져도 되기 때문에. 커피 업사이클링 제품들을 보며 내가 그동안 진실을 외면했던 것은 아닐까, 하는 생각에 부끄러워졌다. 스스로 빛을 낼 수 없어서 태양 빛으로 반사되어 보이는 달은 사실 낮에도 떠 있다. 초승달에서 보름달로 달이 차고 기운다고 진짜 달의 모양이 변하는 것도 아니다. 그저 보이는 모습이 변할 뿐이다. 그마저도 달의 앞면에 불과할 뿐이다. 이 세상에도 그런 진실들이 곳곳에 숨어있지 않을까, 하는 마음이 들었다.

커피가 쓴 이야기

나는 다시 셔틀을 타고 안목해변 카페 거리로 갔다. 맛있게 커피를 음미하기 위해 허기진 배부터 채웠다. 카페만 즐비할 줄 알았는데, 바닷가를 따라 걷다 보니 군데군데 커피자판기가 있다. 알고 보니 안목해변이 커피로 유명해진 것은 수십 년 전 해변에 늘어서 있던 40~50대의 커피자판기 때문이라고 한다. 자판기의 주인에 따라 커피 맛이 달라서 사람들은 자신의 입맛에 맞는 자판기를 골라서 마셨다고 한다. 최고의 핸드드립을 기대하고 온 이곳에서 믹스를 마주할 줄이야. 남들에게 달달한 믹스커피도 내게 꼭 달지만은 않다.

*

내가 병문안 다녀오고 1주일 후 외삼촌은 돌아가셨다. 장례식장은 대학병원에 딸려 있어서인지 깔끔하고 깨끗했다. 빈소는 3층이었고, 코로나 탓인지 아주 한산했다. 문상객들도 상주들도 모두 마스크를 썼다. 마스크로 가린 표정은 모두 다 똑같을까? 갑자기 궁금해졌다. 저 하얀 마스크로 다들 어떤 속내들을 가리고 있는 것일까. 부의함 위에 놓인 방명록은 첫 장을 넘어가지 못했다. 영정사진속 외삼촌은 여전히 모자를 쓴 채다. 외삼촌은 평소 탈모로 오해받을 만큼 넓은 이마가 콤플렉스였다. 항암치료가 시작되면서는 걷잡을 수 없이 머리카락이 빠지니 언제든 모자를 쓰셨다. 저기 하늘에서는 삼촌을 가리고 답답하게 했던 모든 것들 -모자, 인공 창자 샛길, 주삿바늘, 콧줄 등- 다 빼고 자유롭게 계시기를 바라며 예를 갖췄다. 분향을 마치고 나오니, 사촌 언니가 여기 육개장이 아주 맛있다고 꼭 먹고 가라고 해서 테이블에 앉아 육개장을 먹었다.

눈이 퉁퉁 부은 엄마는 어색한 목소리로 말했다.

- 커피도 마시고 가. 가족실에 다른 커피 있어. 믹스커피 아니야.
- 괜찮아요. 오전에 이미 마셨어요. 요즘 하루에 한 잔밖에 안 마
셔요.
- 가족실이 무슨 호텔이야, 한번 보고 가. 화장실도 따로 있으니
까 깨끗하게 이리로 가.

집에 가는 길, '믹스커피 아니야'라는 엄마의 말을 기억하려고 카
톡 메시지 내게 보내기를 했다. 언젠가 소설 속 문장으로 쓰고 싶은
마음이 들었다. 그러다, 내가 정말 소설을 쓸 수 있나? 의구심이 들
었다. 소설 같은 이야기들이 현실에서 계속 벌어지는데 이것들을 외
면하고 나만의 영감과 상상력으로 만들어진 이야기를 쓸 수 있을까
생각했다. 그때 엄마에게 카톡 메시지가 왔다.

- 혹시나 해서 하는 얘기인데 아빠한테는 절대 알리지 마. 여기가
얼마나 조용하고 좋은데 아빠가 와서 분위기 망치는 걸 보고 싶지
않아. 여기 도와주러 온 상조업체 사람들도 이렇게 점잖은 빈소는
처음이래.

참, 엄마답다고, 앞으로도 엄마는 변하지 않겠다는 확신이 들었

다. 엄마는 늘 커피 한잔에도 싸구려와 고급이 있다는 듯 말했다. 엄마는 등기부 등본으로는 지상이지만 실제는 반지하 빌라에 살면서도 전혀 개의치 않고 우아하게 본인만의 아메리카노를 즐겼다. 로스팅 카페에서 택배비까지 부담하며 신선도를 위해 원두를 소량 주문했다. 도자기 드리퍼로 직접 핸드드립을 하셨다. 내게 사랑은 이해와 같은 말이었는데, 점점 엄마를 이해하기 힘들어지고 그만큼 내 사랑도 멀어졌다.

그런데, 아이들이 자랄수록 나 또한 온전히 내 아이들을 이해하는 것이 힘들어졌다. 내가 배 아파 낳았지만, 아이들은 나와 달랐고, 나는 아이들을 100% 이해할 수 없어서 괴로웠다. 그 자체로 받아들이고 이해를 넘어선 사랑을 하겠다고 다짐했다. 엄마가 변할 수 없다면, 그냥 엄마를 받아들이고 사랑하는 것밖에 답이 없는지도 모르겠다.

어릴 적, 엄마가 출근하지 않는 일요일 아침이면 할머니까지 다섯 식구가 살던 단칸방은 커피 냄새로 가득했다. 엄마는 혼수로 마련해 온 오리지널 미제 녹색 꽃무늬 커피잔에 설탕이나 프리마 없이, 이상한 영어가 써진 까만 알갱이를 타서 마셨다. 평소에는 할머니의 파스 냄새, 아빠의 술 냄새, 방에 있던 냉장고 김치 냄새까지 뒤엉켰는데, 엄마의 커피 냄새가 마법처럼 그것들을 일순간에 뒤덮었다. 엄마는 잔 고리에 손가락을 걸고 새끼손가락은 살짝 올린 채로 커피를 마셨다. 그 모습은 커피잔의 곡선만큼이나 우아하고 세련되게 느껴졌다. 부엌일지, 욕실일지 혹은 세탁실이거나 연탄 보일러실까지

다 뒤섞인. 제대로 있는 것이라고는 수도꼭지 하나뿐인 곳에서도 자신의 취향을 고고하게 지켰다. 그래도, 엄마 역시 어쩔 수 없는 보통 엄마였다.

내가 초등학생 때, 엄마는 제지공장에서 일하며 주야간 교대근무를 했다. 야간근무를 하면 1.5~2배까지 특근수당이 붙으니 엄마는 악착같이 밤을 새워 일했다. 엄마는 달달한 믹스커피를 마시며 잠과 싸우고, 돈과 싸웠다. 내가 교복을 입던 사춘기 시절, 아빠의 알코올중독과 의처증을 견디지 못해 가출했던 엄마는 먹고살기 위해 지하철 자판기 관리 업체에서 일했다. 지하철 각 역사에 설치된 자판기 내외부를 청소하고, 종이컵, 커피, 설탕 등 재료를 보충하는 일이었다. 지금은 탄산음료 캔 자판기가 일반적이지만, 그때는 커피자판기에서 탄산음료도 컵에 뽑아 먹을 수 있었다. 엄마는 그 무거운 탄산가스 통을 들고 지하철 계단을 오르내렸다. 그때부터 만성 허리 통증에 시달렸고, 무릎에 퇴행성 관절염을 얻었다.

나는 수업이 일찍 끝나는 토요일, 교복을 입은 채로 전철을 타고 광화문역 서점 나들이를 핑계로 엄마를 만나러 지하철역으로 갔다. 지하철 의자에 앉아서 엄마가 주는 공짜 자판기 커피를 마시며 이야기를 나눴다. 왠지, 학교 자판기 커피보다 맛있었다. 내가 다닌 여고는 4층 열람실 앞에 커피자판기가 있어서 고1 때부터 습관적으로 마셨다. 밤 10시, 11시까지 이어지는 야간 자율학습을 버티기 위해서는 자판기의 믹스커피가 필요했다.

고3 수능 볼 즈음, 아빠는 갑작스러운 출혈로 119구급차에 실려 갔다. 아빠의 알코올 의존증은 장 파열을 불렀고 간, 당뇨, 혈압까지 모든 수치는 이상 신호를 보이며 중환자실에 보름 넘게 계셨다. 엄마는 집으로 돌아와서 아빠의 건강을 챙겼다. 아빠는 술을 끊으니 스포츠 도박 경륜에 빠져서 도박 빚까지 졌고 급기야 월급까지 모두 압류당했다. 엄마는 다시 커피와 함께 일을 시작했다. 동대문 의류 쇼핑몰 매점에서 사람들 취향에 따라 믹스커피를 만들어주는 이모가 되었다. 때때로 엄마는 커피를 타서 배달도 해주었다.

나는 부모님께 기댈 수도, 그 무엇도 기대할 수도 없었다. 대학 원서를 쓰고, 부족한 생활비와 등록금을 벌고, 그저 남들처럼 살고 싶어서 편입에 도전하고, 취업, 결혼까지 모두 스스로 결정하고 책임졌다. 엄마는 나와 달리, 결혼 전까지는 한 번도 고생해본 적이 없었다. 엄마는 그 시절 서울 사대문 안에서 태어나 성당 유치원을 다녔고, 집에는 늘 살림하는 식모 언니가 있어서, 손에 물 한번 묻히지 않았다. 돈을 한 번도 벌어본 적 없던 엄마에게 믹스커피는 꼬깃꼬깃 구겨진 현실이었다. 그 순간들을 다시 떠올리기 싫어서일까, 언젠가부터 엄마는 절대 믹스커피를 드시지 않았다. 어쩌다 음식점에서 제공하는 후식 자판기 커피를 한 모금 마시면 바로 퉤-하고 뱉어버리거나, '어휴, 애- 입맛 버렸다. 속이 니글거려서 토할 것 같다' 라며 잔뜩 미간을 찌푸리며 말했다.

*

해변의 커피자판기를 지나쳐, 한가운데에 있는 핸드드립 카페로 들어섰다.

- 핸드드립으로, 원두는 파나마 에스메랄다 게이샤로 주세요.
- 핸드드립은 15분 정도 기다리셔야 하는데 괜찮으세요?

최고의 핸드드립 커피를 마시러 서울에서 반나절이 걸려 여기까지 왔는데 15분쯤 더 기다리는 건 아무것도 아니다. 커피를 받아 들고 위층으로 올라갔다. 계단 간격이 높은 편이어서 신경이 쓰였다. 최대한 바다가 잘 보이는 창가 쪽에 자리를 잡고 앉았다. 아쉽게도 커피잔은 단정한 내 취향이 아니라 화려한 엄마 취향이었다.

- 엄마야!
- 괜찮아? 잔이 깨졌어!
- 죄송합니다.

누군가 높은 계단 간격을 내려가다가 커피 트레이를 놓치며 넘어졌다. 작년 가을 내 생일, 15년이나 쓰던 컵도 깨졌다. 코로나로 보지 못했던 손주들도 볼 겸 엄마가 우리 집에 오셨다. 그렇게 예뻐라 하는 손주 둘을 앞에 두고도 엄마는 스마트폰으로 유튜브 찬송가 채널을 틀어 이어폰을 끼고 듣고 계셨다. 다른 소리는 듣지 않겠다는 모습이 광화문에서 성조기를 흔드는 극보수 태극기 부대를 보는 것 같아 섬뜩했다. 식사를 마치고 디저트를 먹는데, 엄마는 내가 쓰는 유리컵을 보고 또 한 소리 했다.

― 너는 커피 한 잔을 마셔도 고급스럽게 마셔야지. 멋없게 이런 유리컵이 뭐니? 커피는 옛날부터 황실에서 마셨던 거라고. 우리나라도 고종황제부터 마신 거 몰라?

결혼 준비를 하면서 나는 엄마의 로망을 채워주고 싶었다. 시간이 없다는 핑계로 주말에만 시간을 내 함께 백화점을 다녔다. 백화점 7층에는 제각기 자태를 뽐내는 그릇들이 가득했다. 엄마는 영국 왕실 찻잔 세트를 추천했고, 나는 나비 무늬가 있는 커피잔에 마음이 흔들렸다. 영화에서 본 것처럼 찻장에 예쁜 컵들을 보관해놓고 기분이나 날씨에 따라 잔을 바꿔가며 커피를 마시고 싶은 생각이 들기도 했다. 하지만, 나는 20년 된 소형 빌라에 화려한 꽃무늬 찻잔이 있다고 꽃길만 펼쳐지지 않는다고 생각하며 그냥, 투명하고 무난한 보덤 머그잔 세트를 샀다.

― 엄마, 나는 이 유리컵이 제일 좋아. 신혼 때부터 쓰면서 아들 둘 키우는 동안에도 한 번도 안 깨졌어. 그만큼 튼튼해. 투명하게 다 보이니까, 애들이 뭐 이상한 거 먹나 걱정할 필요도 없고. 차갑거나 따뜻하거나 다 잘 어울려. 드립백 커피 마실 때 크기도 딱 맞아.
― 그래도 분위기란 게 있지. 요새 러시아 왕실 커피잔이 괜찮다던데, 너는 몰라? 이제 제대로 아파트도 마련했으면 이런 것도 신경 써야지. 집에 사람들 왔을 때 이렇게 내놓는 건 실례야.

– 엄마가 말하는 커피잔들은 아이스 커피 마실 때는 못 쓴다고! 그리고 이거 그냥 유리컵 아니거든? 백화점에서 내 돈으로 산 보덤이야! 보태준 것도 없으면서.

– 너 지금 네 돈 들여 산 거라고, 혼수 때 해준 것 없는 엄마는 아무 말도 말라는 거야? 괘씸한 것! 네가 잘 나서 너 혼자 지금 이렇게 사는 줄 알지? 서방 복 없는 년은 자식 복도 없다더니,

– 그 말 좀 하지 마! 내가 제일 듣기 싫은 말이라고!

– 손주 새끼들까지 다 키워줬더니…. 네가 너 같은 딸을 낳아서 키워야 내 속을 알 텐데.

엄마는 감정이 격해지면서 식탁 위의 컵을 밀었고, 대리석 바닥 위에 떨어지며 깨졌다. 엄마는 이게 뭐가 튼튼하냐며 사과하지 않았다. 그 일 이후로 외삼촌 장례식장에서 1년 만에 엄마와 얼굴을 마주했다. 외삼촌 발인을 끝내고 절에 위패를 모시고 돌아오는 길에, 엄마는 손가방에서 노란 믹스커피 몇 봉을 꺼내 내게 건넸다. 멋쩍은 표정으로 '집에 있을 때, 비 오는 날 한 잔씩 타 먹으면 괜찮더라' 말하면서.

나는 1년째 새벽 6시 온라인 고전 독서 모임에 참여할 때면 믹스커피를 마셨다. 그 고요함과 출출함이 가득한 일요일 새벽에는 그보다 적절한 것은 없었다. 싸구려 커피를 마시며 교양 있게 고전문학을 읽고 나눴다. 유리컵에 믹스를 넣을 때면 내 인생 드라마 속 여주인공이 떠오르곤 했다. 청각장애가 있는 할머니를 돌보고, 엄마의

사채에 쫓기면서도 삶을 포기하지 않았다. 주인공은 수시로 믹스를 먹었다. 허기를 채우기 위해서, 현실의 퍽퍽함을 잊기 위해서, 유일하게 자신을 위한 사치를 부리며 한 번에 믹스커피 2봉을 먹었다. 나는 어쩌면 그 모습에서 그렇게 일했던 엄마의 모습을 무의식중에 떠올렸을지도 모르겠다. 그 드라마에서 인물들은 언제나 가족, 친구, 그 누군가와 함께였다. 나도 그렇게 따뜻한 이야기를 쓰고 싶어졌다.

앞에 놓인 게이샤 커피가 식기 전에 커피 맛을 음미했다. 과연 명불허전이었다. 깔끔하고 깨끗하지만 가볍지 않은 보디감이 혀끝에 길게 남는 여운은 내 마음을 풍성하게 채워줬다. 하지만, 내게 중요한 것은 이미 에스에랄다 농장의 게이샤도, 전문가가 내린 핸드드립도 아니었다.

나는 여기서, 서툴더라도 내 이야기를 한 문장이라도 쓰고 싶어졌다. 결말을 정확히 그리지 못하더라도 시작해야 한다고. 시작하지 않으면 절대 그 이야기의 끝을 알 수 없으니까. 언젠가 누구나 한 번쯤 마시고 위로받는 믹스커피 같은 이야기를 쓰길 소망하며, 나는 가방에서 다이어리와 연필을 꺼냈다. 그리고, 집으로 가는 기차표를 취소했다. 내가 진짜 원했던 것은 나만의 언어로 나를 말하는 것이었다. 그렇게 내가 살아있음 자체를 오롯이 감각하는 것이었다.

안녕, 나는 답장 봇

권이연

제 7회 경기히든작가 수필 부문

안녕, 나는 답장 봇

직업이 답장하는 사람인 것 같다고 느낀 어느 오후에

권이연

"안녕하세요, ○○의 ○○○입니다. 먼저 회신에 감사드립니다."

눈을 감으며 안경을 내동댕이치듯 벗어던진 후, 의자 등받이로 몸을 기대며 숨처럼 뱉어낸 말이다. 이젠 눈을 감고도 타이핑할 수 있을 것 같다. 안녕하세요. 저는 누구입니다. 답장 주셔서 정말 감사해요.

다시 게슴츠레 뜬 눈으로 노트북 모니터를 응시한다. 단발음과 함께 모니터 우측 하단에 작은 팝업창이 올라와 있다. 출처는 카카오톡. 미리 보기 내용은 https://blog.na...., 이어서 올라오는 문장은 "대박ㅋㅋㅋㅋ" 잠시 미뤄두었던 수많은 가십거리와 이슈들이 물밀듯 밀려온다. 제법 반갑다. 나는 다시금 자세를 고쳐 앉으며 답장을 쓴다. 이건 이렇네, 저건 저렇네, 이거 사실이래? 대박, ㅋㅋ

ㅋㅋㅋㅋㅋㅋㅋㅋㅋ, 등등. 그렇게 나도 모르게 집중점을 옮긴다.

집중점. 멀티태스킹이 불가능한 내가 만들어 낸 다소 억지스러운 단어다. 어딘가 한가운데 핀을 꽂아 넣듯 집중을 꽂아 넣는, 말하자면 초점 같은 느낌의 정신적 지지대. 내 처지보다 외부의 환경을 절대적으로 우선하고, 내 의사보다 타인의 평가가 더 중요하다고 여기는 사람에겐 필수적인 규칙이다. 집중점을 잘 두어야 모든 일이 잘 돌아가는 것 같았다. 근 20년 가까이 지속해 온 고집이라 이젠 징크스라고 말하기도 민망했다. 하지만 나름대로 근거가 있다. 내가 집중점을 조금이라도 흐리게 두거나 잘 못 두면 그 즉시 피드백이 날아오곤 하니까.

이러니 그만둘 수도 없는 노릇이다. 현재는 이 프로세스가 나를 만들어내고, 아니, 유지하고, 그것도 아니, 굴려내고 있다는 생각이 든다. 집중점을 옮겨가며 순간을 살아내는 고농축 하루살이. 멀티태스킹이 가능한 사람으로 보이기 위한 발버둥 치기.

그런데 요즘, 연료가 다 떨어졌다.

애초에 연료가 뭐였지? 드는 의문에도 황당할 만큼 연료가 없는 기분이다. 나는 무엇으로 움직이는 사람이었지? 답을 할 수가 없다. 지금의 나는 어디서부터 시작되었는지 짐작도 못 하겠다.
하지만 아니. 생각해보면 모르는 것도 아니다.

2004년 2월 중순, 백 년만의 폭설이 기록되었다던 바로 그 기록적인 겨울에. 눈앞에 펼쳐진 하얀 눈밭, 그것을 밝게도 비추어대던 깨진 유리문의 조각들, 나뒹구는 책가방과 시멘트 먼지에 뒤덮인 싱크대. 죽어있는 벌레들. 죽어버린 그 집에서.

아마 그때부터가 아니었을까.

* * *

모 여자 중학교 1학년 3반엔 ㄱ으로 시작하는 성씨 중 처음이 나였나 보다. 중학교에 입학하고 맞은 첫 학기의 첫날, 나는 첫 번째 주번이 되었다. 거창한 건 아니었다. 학급에 필요한 정리 정돈을 돌아가면서 도맡는 일종의 청소 담당 정도. 아침을 허둥지둥 챙겨 먹고, 첫 교복을 입고 두근거리며 나선 등굣길엔 눈이 소복이 쌓여있었다. 100년 만의 기록적인 폭설이라는 뉴스가 떠올랐지만, 그것은 내겐 별로 중요하지 않았다. 내가 가장 좋아하는 눈이 내렸고, 처음 입어 보는 교복과 다소 어색한 까만 타이츠, 불편함이 느껴졌던 단화와 첫 학기 첫 주번이라는 사실이 나를 너무나 설레게 했기 때문이다.

등굣길은 다소 험난한 편이라 아스팔트도 깔리지 않은 흙길 언덕을 20여 분이나 따라 걸어가야 했다. 바로 그 언덕의 초입에 다다랐을 때였다. 데구루루, 소리가 들릴 것만 같이 맹렬하게 굴러오는 무언가가 있었다. 자세히 보니 산쥐의 머리였다. 길고양이가 잡아먹고 남겨둔 것만 같이 머리만 남아 굴러 내려오는 모습. 나는 태어나 처음 보는 쥐의 머리를 관찰한다. 어릴 적 아파트 단지 아래의 빈구석에 웅크려있던 고양이 사체를 떠올렸다.

"쥐나 고양이나….."

쥐나 고양이나 사람의 눈에 띄려면 죽은 모습이어야 하는 걸까. 의미 없는 생각은 꼬리에 꼬리를 물고 이어졌다. 언덕길 곳곳에는 눈이 녹았다 얼어서 빙판이 생겼다. 학교에 다다를수록 구두는 엉망이 되고, 손끝은 빨개지고, 얼굴은 차갑게 얼어 도무지 봐줄 수가 없는 꼴이 되었다. 그래도 어딘가 기분이 좋았다. 학교 본관에 도착했다. 발끝에 뭉쳐 얼어버린 눈덩이를 털어내고, 실내화를 꺼내어 갈아신었다. 주번이 등교하는 시각엔 난로도 켜주지 않나 보다. 연속해서 올라오는 한기에 호-호- 손을 불며 계단에 올라 교실 문을 연다.

드르륵-. 아직 아무도 사용하지 않은 칠판과 분필이 가지런히 놓여있다. 가방을 내려놓고, 칠판지우개 두 개를 양손에 쥔 채 창문을 연다. 눈바람이 조금씩 들이쳤지만 아랑곳하지 않고 두 팔을 벌려 손뼉을 쳤다. 팡-. 팡-. 아직 분필 때가 묻지 않은 칠판지우개가 둔탁하고 폭신한 마찰음을 낸다. 기분이 좋았다.

사물함을 열었다. 쿰쿰한 나무 냄새가 났다. 교과서와 개별 노트를 꺼내 가지런히 정리해 넣었다. 낯선 장소에 내 흔적을 조금씩 남겨 놓는 것은 마음의 안정에 도움이 된다. 다시 텅 빈 교실을 돌아보았다. 이 학교에서 3년의 세월을 잘 버틸 수 있을까. 그리고 나면 나는 꿈처럼 서울에 올라가 고등학교에 진학할 수도 있게 될까. 한 치 앞도 모르는 미래를 떠올리며 눈이 내리는 모습을 지켜보았다.

엄마와 연락이 끊긴 지 2달째다.

*　*　*

"까톡!"

단발음과 함께 모니터 우측 하단에 작은 팝업창이 올라왔다. 출처는 역시 카카오톡. 나는 또다시 의미 없는 답장에 집중점을 밀어 넣는다. 비 내리던 오후 내내 어둠이 짙게 깔린 카페에 앉아 내내 일을 했다. 이 일이 내 인생에서 어떤 의미가 있는지는 잘 모르겠으나 먹고 살려면 해야 하는 일이니 열심히 했다. 또다시 메일을 보낸다. 사실 뿌린다고 표현해야 맞을 것 같다. 유튜브가 차세대의 새로운 콘텐츠 생태계로 주목받기 시작했다. 나는 이제 막 채널을 개설해 한참 반응이 좋은 채널들을 더러 찾아내어 에이전시와 계약을 하자는 내용의 메일을 뿌려댔다. 하지만 대체로 답이 오는 일은 드물었다. 그다지 큰 성취감을 느낄 수 없는 작업이었다. 사실 매달 월급 받는 일이 점점 괴롭게 느껴지기도 했다. 아무 생각 없이 그냥 돈만 열심히 벌면 안 되는 것일까. 일은 일이고 삶은 삶이라고 생각해도 나쁘지 않을 텐데.

이런저런 생각과 함께 뜻 모를 회의감에 빠져 감정까지 전부 배배 꼬이기 시작한다. 극도의 무기력 상태가 된다. 오늘은 이만하면 되었다고 노트북을 덮을 핑계를 찾고 싶어졌다. 변명의 여지 없이 한심하고 게으른 태도였다. 오늘의 리서치 목표량은 절반밖에 채우지 못했는데, 그래, 나는 세상 제일의 잉여인간이다.

둠둠- 거리는 느린 비트의 로파이 음악에 맞춰 스피커를 테두리처럼 감싸던 연기가 한 겹씩 공중으로 흩어져 사라지는 상상을 한다. 이 음악에 실려 나도 연기처럼 공중으로 흩어지고 싶다. 커피는 벌써 2잔째 리필 중이다.

＊　＊　＊

눈이 내리는 모습을 한참 지켜보다 칠판지우개를 떨어트릴 뻔했다. 얼마 전의 기억들이 조금씩 떠오르기 시작한다. 의자를 끌고 와 멍하니 앉아보았다. 아무도 없는 교실의 적막은 의자 끄는 소리에 잠시 흩어졌다. 친할머니가 돌아가셨다. 두 달 전, 그러니까 동생의 생일을 사흘 정도 앞둔 어느 아침, 설 명절의 시작이었다. 엄마는 할머니가 죽기 2년 전부터 정성을 다해 병시중을 들었다. 좁아터진 집구석의 방 한 칸을 떼어 할머니에게 주고는 매일매일 건강을 살폈던 엄마. 그래서 나는 할머니가 그때도 지금도 어쩌면 영원히 죽도록 미울 예정이다. 할머니는 살아생전 한 번도 엄마를 예뻐해 준 적이 없다.

정확히는, 예쁘장한 얼굴을 하고 서울에서 시집온 작고 마른 깍쟁이를 그 어디에서도 환영하는 곳이 없었다. 조금만 허둥지둥하면 역시 '서울깍쟁이'니까, 손에 물 한 번 안 묻혀본 사람처럼 보인다, 새초롬하니 믿을 수가 없다, 가지각색의 핀잔들이 내 귀에 날아 들어올 정도였다. 그런 엄마에게 할머니를 수발드는 일은 어떤 의미였을까. 여전히 이해는 되지 않는다. 엄마는 다분히 희생적인 사람이었다. 묵묵하고 책임감 있고 동정과 연민과 사랑이 넘치는 사람. 그에 반해 딸인 나는 회의적이며 냉소적인 사람이다. 좋은 일이든 나쁜 일이든 모든 일들이 파도처럼 예측 불가한 형태로 밀려오는 양상이 죽도록 싫은 강박 주의자.

"그래서 종이는 가져왔어?"

행정실의 직원은 언제나 냉소적이었다. 지금에야 한 끼 식사비로 쓰고 나면 조금 남을만한 한 달의 급식비를 면제받겠다고 찾아온 학생의 의지가 다소 귀찮은 듯 보였다. 나는 심드렁한 눈으로 직원의 외모를 관찰하며 문득 이 사람이 먼 친척을 조금 닮은 것 같다고 생각했다.

할머니의 장례식이 시작된 날, 엄마는 2층에서 홀로 밥을 푸고 있었다. 다른 친척들은 서울깍쟁이에게 모든 일을 몰아넣고 1층 빈소에서 조문받기 바빴다. '조문이란 게 원래 이렇게 받는 건가' 싶을 정도로, 계단을 타고 오르는 하하 호호 웃음소리들. 워낙 길고 긴 병중이라 누구나 쉬 예상 가능한 작별이었다. 이해는 한다. 그러나 옷만 바꿔 입히고 보면 정말 설 명절의 회동처럼 보였다. 과하게 즐거워 보인다. 여기서 누가 화투만 들고 오면 딱 이겠네.

나는 그날의 웃음소리가 왜인지 아직도 기억난다. 엄마는 2층의 주방 틈바구니에서 모든 전쟁에 패배한 사람처럼 반복적으로 멍하니 음식만 내왔다. 그러더니 그날 밤에 벌게진 눈을 하고는 자취를 감추었다. 나는 엄마의 뒷모습을 보았다. 강원도 어느 변두리 병원의 캄캄한 복도 의자에 앉아, 엉엉 울던 그녀.

메밀꽃 필 무렵. 아름다운 소설로 유명한 이효석 씨의 소설을 나는 싫어한다. 메밀꽃이 흐드러지게 피던 바로 그 장소에서 엄마는 날개가 꺾였기 때문이다. 자유로워지고자 했던 탈출의 시도는 그만 좌절되어 버렸다. 엄마는 포로의 심정으로 절망하며 홀로 새로운 길을 떠나겠다고 선언했다. 눈이 아주 많이 오던 날, 그녀는 인적이 드문 눈밭을 홀로 걸어갔고 나는 그 뒤를 울며 따랐다. 끝까지 함께하고 싶었지만 그럴 수 없었다. 나는 눈밭에 낸 발자국만큼이나 엉성한 두려움과 걱정 따위가 잔뜩 엉켜 갈 곳을 모르고 있었다. 눈으로도 마음을 읽는 그녀는 나에게 작별 인사를 했다.

"어른 되면 엄마랑 만나자. 엄마가 돈 벌어서 찾으러 갈게."

그리고 엄마가 사라진 우리 동네에 그날과같이 새하얀 눈이 하염없이 내린다. 하교하며 눈을 밟는데 이유 모를 눈물이 터져 나올 것 같아서 괜스레 팔을 휘젓는다. 국민체조를 하는 사람처럼 씩씩하고 당당하게. 눈도 노을도 길도 하나로 뭉쳐 슬프도록 아름다운 파스텔 빛을 내는 은근한 저녁쯤, 인적이 드문 언덕을 오르는 발자국 두 개.

*　　*　　*

답장하며 커피만 연거푸 석 잔을 마시니 속이 쓰려왔다. 그 뒤로 자연스레 허기가 따라온다. 노트북을 덮고 주섬주섬 카페를 나왔다. 근처에 많은 식당이 보이지만 하루 전체가 지루해 터질 지경이라 어딘가 특별하고 저렴하면서도 맛이 괜찮은 곳에 가고 싶었다. 까다롭기 그지없는 고집이라 비난해도 할 말 없다. 아무 버스에나 올라타 번화가 중심부로 향하는 고집쟁이 강박 주의자. 의미 없는 풍경들을 바라보다 다시 휴대폰을 열어 자연스레 접속한 곳은 역시 SNS다.

맞팔한 계정 하나에 게시물이 연달아 잔뜩 올라와 있고 '좋아요' 수가 어마어마했다. 문득 화르르 타오르는 질투를 느끼다가 이내 무력감이 밀려왔다. 질투는 곧 부러움으로 바뀌어 버린다. 솔직하게 말해 정말 부러운 삶이라는 생각을 했다. 이 계정에 발가락만 찍어

올려도 저 정도 수치는 나오겠지, 생각하니 실소가 나왔다. 부럽네. 진짜. 나는 이미 골백번은 더 SNS 스타가 된 것 같은 상상에 빠져든다.

가장 번화한 동네의 정류장에 내려 어디를 갈까 고민하다, 결국 가장 인적이 드문 골목 끝에 있는 아주 조용해 보이는 식당에 들어갔다. 마지막까지 오늘 하루 나는 무엇하나 당초의 계획을 지켜낸 것이 없다. 밥이 나와도 한술 뜨는 둥 마는 둥 하다 다시 SNS에 접속한다. '좋아요'를 잔뜩 받은 계정에 다시 들어가 본다. 이런 영향력이라니. 나도 이런 삶을 살고 싶은 걸까? 무분별한 관심에 주목되길 원하는 걸까? 잘 모르겠다. 관심을 사고 파는 일은 너무도 이질적인 영역이다. 마치 거품으로 꽉 채워진 주스 병같이, 결국은 단내만 풍기고 사라질 거품들.

* * *

하교하면 언제나 식탁 위에 만 원짜리 한 장이 놓여있었다. 아빠는 할머니 댁에서 돌아온 첫날부터 지폐 한 장을 식탁 위에 올려두기 시작했다.

"저녁은 동생이랑 시켜 먹고, 아빠 일 있어서 내일 들어올지도 모른다."

그 말을 나는 곧이곧대로 받아들였다. '아빠는 남은 우리를 위해 나름대로 일을 하러 나가는가 보다' 라고 생각했다. 지금에서야 돌이켜보면 그저 대책 없는 집안의 짐짝들을 내팽개치고 유흥과 환락이 가득한 술자리로 도망치고 싶었던 40대의 변명이 아니었는가 한다.

동생은 축구를 좋아했다. 그냥 어딘가에 에너지를 쏟아낼 것이 필요해 보였다. 동생이 축구를 하고 돌아오면 언제나 집안은 모래며 흙먼지로 범벅이 되고 말았다. 동생은 모래가 분진처럼 나부끼는 상태로 미처 개지 않은 이불보 위를 걸어 다녔다. 안타깝게도 그때의 우리는 밖에서 묻혀 온 먼지를 어떻게 관리해야 하는지 생각할 수 없었다. 먼지가 가득한 이불 위에서 아무렇지 않게 밥을 먹고 잠도 잤다. 어째서였을까. 그 정도는 분명 구분 했어야 했던 나이임에도, 왜인지 뇌의 어딘가가 전부 멈춰버린 것 같았다. 아빠도 돌보지 않는 집안 환경을 내가 어떻게 해야 할지 고민하다 그냥 포기하기로 작정했나 보다. 동생과 나는 자기 전 매일 밤 이불 위에 섞인 먼지와 흙먼지를 구석으로 털어내는 일로 나름의 환경을 만들었다.

등교하는 길목은 역시나 언덕을 타고 오르는 고된 길이었다. 가도 가도 언덕이 있고, 그 언덕길에는 죽은 벌레나 쥐 따위의 잡 부스러기들이 하루도 빼먹지 않고 나부꼈다. 엉성한 철장을 펜스 삼아 성의 없게 꽂힌 〈개조심〉 나무 팻말이 보이면 절반 정도 걸어온 셈이었다. 글자는 시간이 갈수록 바래졌다. 이 길은 저녁엔 너무 깜깜해지는 탓에 하굣길엔 이용할 수 없었다. 하교 때는 불상과 염주 상품이 가득 진열된 가게를 지나쳐 철도가 깔린 길을 따라 돌아서 왔다. 그렇지만 종종 하굣길로 이용하는 순간도 있었다. 문득 칠흑 같은 어둠 속으로 영원히 사라지고 싶은 기분이 들면 그랬다. 나는 저물어가는 노을을 보며 언덕길을 올라 이대로 어딘가에 삼켜져 자연 일부가 되었으면 좋겠다, 하는 생각을 했다. 나라는 존재는 태어났을 때부터 잘못을 저지른 것이 아닌가 하는 과장까지 곁들이며.

친구 P는 그런 나의 유일한 단짝이었다. 다른 친구들도 오며 가며 교류는 했지만 유독 나는 그녀에게만 솔직한 얼굴을 보여주었다. P는 유일하게 내 세계를 이해할 수 있는 사람이었다. P의 어머니는 하루 종일 밖에서 힘든 일(무엇인지는 기억나지 않는다)을 하셨고, 아버지는 막노동을 다녔다. P의 아버지는 며칠씩 공사 현장을 다니다 집에 돌아오면 꼭 술을 마셨다. P의 어머니와 P, 그리고 P의 여동생은 언제나 아버지에게 맞곤 했다. 나는 그녀가 이 이야기를 처음 고백해 왔을 때 머릿속 어딘가로 희미하게 사라질 뻔했던 엄마와의 마지막 만남이 떠올랐다. 우리, 같이 방법을 찾자. 그렇게 P는 나에게 지켜주어야 할 존재이자 단짝 친구가 되었다.

P는 연예인이 되고 싶어 했다. 그래서 우리는 언제나 서로의 집에 모여 뮤직비디오를 보거나, 드라마 속 명대사를 인터넷으로 찾아가며 어설픈 오디션 놀이를 했다. 그렇게 상상 속에 빠지는 순간이 미친 듯이 좋았다. 살아있는 기분이었다. 이렇게 하고 싶은 것만 하며

살면 얼마나 좋을까. 내 마음대로 되는 일이 없는 인생이란 게 어쩌면 그리 무겁게 여길 일도 아니라는 생각이 들었다. 이렇게 간단히 잊어버릴 수 있는걸.

일종의 현실 도피라고 생각했으나, 그래도 상관없다고 생각했다. 그저 나는 칠흑 같은 어둠이 드리워진 언덕 위로 사라지면 그만일 것이다.

＊　＊　＊

SNS를 꺼버리고 왜인지 어질어질한 두통을 느끼며 식당에서 나와 집으로 가는 버스 정류장으로 걸었다. 가다 보니 아주 익숙한 카페가 보인다. 나는 이곳에서 아주 오랫동안 만났던 첫사랑과 이별했다. 대략 20대 초반부터 중후반까지 거의 모든 기억 속에 있었던 연애가 떠올랐다. 받아들일 수 없을 만큼 괴로웠다. 최선을 다해 사랑했고 서로의 미래를 축복하며 마무리한 담담한 이별이었다. 그러나 떠올리기만 해도 모든 기억이 트라우마처럼 느껴졌다. 아주 깊게 마음을 열었던 관계와 하루아침에 멀어지는 것이 생각보다 더욱 충격이었던 듯하다. 이렇게 어마어마한 상실감이라니. 애써 이어폰을 끼고 모른 척 카페를 지나친다.

나는 줄곧 혼자서 담담히 인생을 헤쳐 나왔다고 생각했지만, 사실은 정서적으로 매번 어딘가 기댈 곳을 찾아온 미성숙한 인간이었다.

사람은 누구나 기댈 곳이 필요하다고 하면 할 말 없지만, 내게는 단순히 누군가에게서 힘을 얻는 정도가 아니라 때로는 인생의 방향 전체를 대신 결정해 줄 수 있을 정도의 강력한 대리자가 필요했던 것 같다. 다행히도 학창 시절엔 연극이나 영화, 애니메이션 등의 콘텐츠 세상에 나를 투영해 상상하고 도피하며 일상을 보낼 수 있었다. 그리고 스무 살이 넘어서는 첫사랑이 내 가치관의 대부분이 되어버렸던 것인데, 그 부재가 이렇게까지 클 줄을 감히 상상할 수 없었던 것 같다. 이별 후부터 매일 매일 뼈저리게 깨닫고 있었다. 삶의 이정표가 무형의 가치관이나 목표가 아닌 '사람' 그 자체가 되어버리는 순간 나는 절대로 인생의 주인공이 될 수 없다는 것을.

따라서 냉정하게 판단했을 때 그것은 사랑의 상실에서 오는 아픔보다 더 본질적인 문제에 가까웠다. 또다시 내 인생을 '혼자서' 새롭게 다져 나가야 한다는 위기감에서 비롯된 공포와 방황이다. 누군가 구제해 주지 않을까 하는 생각만이 머릿속에 가득했던 것 같다. 나는 일도 알아서 잘하고, 돈도 어떻게든 잘 벌어내는 사람이다. 하지만 그 이상은 절대로 힘을 낼 수 없다. 앞으로 나 대신 내 인생을 살아 줄 누군가가 필요하다. 도대체 나는 누구의 인생을 살고 싶었던 걸까.

* * *

P와 나는 교내 연극반에 들어갔다.

연극반 선생님은 당시 교내 도서실을 운영하던 도서반 선생님이었다. 선생님은 굉장한 여유를 가진 사람이었는데, 언제나 내 기분을 살피고는 가벼운 농담이 섞인 말투로 은근슬쩍 안부를 물어오셨다. 분명 그 시기 나에게 드리워진 그림자가 제법 불쾌했을 법한데도, 염려해 주시는 그 모습에 나는 조금씩 마음을 열었다. 나는 P에게 학교를 졸업할 때까지 열심히 연기 수업을 듣자고 제안했다. P는 흔쾌히 동의하며 각종 기획사의 오디션을 준비하기 시작했다.

나는 공부를 했다. 지금은 어디 있는지 모를 엄마가 마지막으로 기억할 내 모습이 도내 국어 경시대회를 준비하던 똑똑한 딸이었기 때문이다. 엄마가 기억하는 내 모습을 잃어버리고 싶지는 않다는 생각이었다. 하지만 마음처럼 쉽지 않았다. 나는 수업 중에도 자꾸만 스무 살이 되는 상상을 했다. 학생 시절을 모두 뛰어넘고 단번에 스무 살이 되고 싶었다. 스무 살은 자유가 주어지는 나이가 아니던가. 2020년의 먼 미래도 떠올려 봤다. 내가 스무 살이 넘고 서른이 되면 어떨까, 번듯한 차와 집과 직업을 가진 성공한 사람이 되어 있다면 좋겠다.

점심을 먹지 않고 아무도 없는 도서반 구석에 들어가 책 속의 인물들에게 감정을 이입하는 순간이 좋았다. 집에서도 혼자 소리 내어 연습해 보고는 했다. 수업 시간에도 정말 공부 같은 건 하고 싶지 않았다. 모래가 가득한 지독한 현실에서 벗어날 수 있는 달콤한 순간이 더 많이 필요했다. 국어 시간에 문학 작품들이 나올 때는 반짝 집중했다. 이야기에 빠져있는 순간만큼은 내가 무한히 자유로운 사람처럼 느껴졌다.

연극반 선생님은 우리가 대회에 나가야 한다고 했다. 그래서 나는 얼떨결에 전국 청소년 연극 대회 예선 준비를 시작했다. 연극 대회라는 게 정확히 뭔지는 잘 몰랐지만, 우선 그 '예선 작품'이라는 것을 발표하기 위해 우리가 시에서 가장 큰 극장에 올라간다는 사실은 참 좋았다. 고백하자면 그때까지만 해도 내가 살던 곳엔 중학교에 연극반이 있는 경우가 드물었기에 사실상 내가 속한 연극반이 거의 유일한 후보에 가깝긴 했다. 그러나 아무래도 상관없었다. 무대는 무대니까.

아이돌 세계에 더욱 심취해가던 P는 연극반에서 가수 지망생이던 또 다른 친구 H를 만나 친해지기 시작했다. 나는 P와 H의 사이를 짐짓 질투하면서도, 연극 대회를 준비하며 더욱 나만의 세계 속으로 파고들어 갔다. 예선 작품의 내용은 시장에서 마늘 장사를 하시는 어머니 때문에 왕따당하고 있는 한 중학생 소녀와 그녀를 따돌리는 반 친구들 사이에서 벌어지는 울고 웃는 드라마였다. 나는 주인공을 괴롭히는 반 친구와 주인공을 무시하던 선생님 등의 감초 역할들을 (흔히 멀티라고 하는) 여러 개 맡았다. 장사하는 어머니라, 어머니. 엄마.

마음속에 커다란 구멍이 생기는 것 같았다.

＊　　＊　　＊

집으로 향하는 버스에 오른다. 시절인연처럼 빠르게 스쳐 갔던 새로운 연애의 순간들을 떠올려 본다. 마음을 깊게 담아 나누는 연애는 도저히 할 자신이 없었다. 아주 가볍게 상처받지 않을 만큼만 즐거울 수 있는 '닫힌 연애'들만 줄줄이 이어졌다. 적당한 선에서 적당히 만나고 아니면 적당히 이별할 수 있는 안전한 관계들.

"한두 사람 만나보고 어떻게 알아. 사람이 어떻게 될 줄 알고."
"무조건 많이 만나보는 게 좋아. 안 그럼 나중에 후회한다?"

이 바보 같은 말들도 한몫했다. 나는 나를 알았다. 내게 좋지 않은 사람이 어떤 사람인지 이미 알고 있었다. 굳이 많은 사람을 만나볼 필요는 없었다는 것이 지금의 결론이다. 대체 저런 말들은 누가 시작한 말인지 모르겠다. 남들이 그렇다니 그렇구나, 나 역시도 다른 친구에게 똑같이 조언하며 아무 의미 없는 겉핥기식의 관계들만 끊어질 듯 다시 순환시키고 말았다.

공허하고 이중적인 관계에 중독되는 것은 그저 조금씩 자라나는 충치를 계속해서 파내기만 하는 작업에 불과할 뿐이었다. 모든 관계의 시작은 일정 기간이 지나면 곧 깊이 있게 마음을 열 것이냐 아닐 것이냐 하는 순간을 만나게 된다. 그리고 나는 언제나 도망치는 것을 택했다. 사실은 내게 주어진 모든 관계로부터, 인생의 모든 순간으로부터 전부 도망치고 싶었는지 모르겠다.

＊　＊　＊

 연극 대회의 예선 심사 날이었다. 찐빵 바구니가 내 품에 안겼다. 여러 배역 중 시장에서 호객하는 장면에 필요한 소품이었다. 애초의 계획은 찐빵을 따뜻하게 데워 와 관객석에 직접 나눠주면서 호응을 유도하자는 전략이었다. 그러나 아주 잠깐 사용하고 말뿐인 소품을 기억하는 사람이 없었고 나조차도 여러 배역 준비에 여념이 없어 까맣게 잊고 있었다. 부랴부랴 연극반 선생님이 슈퍼에 달려가 사 온 차가운 단팥 찐빵의 봉지를 뜯어 아무렇게나 바구니에 얹어 주었다. 난감함이 밀려왔다. 공연은 이미 시작되었고, 내 소품들은 죄다 엉망이다.

 "아이고 무슨 냄새야! 너희 반에 마늘 반찬 가져온 애 있니?"

 주인공을 무시하는 담임 선생님의 대사였다. 내 오버액션에 관객석이 박장대소한다. 웃어주는 게 아니라 정말 웃고 있네? 라는 생각에 당황함도 잠시, 묘한 뿌듯함이 차오른다. 신이 났다. 더욱 과장하며 주인공에게 다가간다. 인상을 찌푸리며 몸을 부르르 떨고 교탁으로 돌아오자 반응이 더 좋았다. 희열이 차오른다. 차분하게 마무리하고 나갔어야 했음에도 모든 약속을 잊어버린 채 신나게 퇴장한다. 어딘가 발동이 걸린 사람처럼.

드디어 찐빵이 등장하는 시장 장면이다. 암전 사이, 나는 주인공이 등장하기 전 무대와 관객석이 만나는 지점에 가 앉는다. '어? 또 나오네!' 불이 켜지자 관객 몇이 나를 알아본다. 교복을 입은 또래들도 많이 보였다. 덜컥 겁이 났다. 학교에서의 나는 정말 조용하며 다른 사람들과는 담을 쌓고 지낸 사람이었다. 자칫 객석의 차가운 반응에 동요한다면 모두의 공연을 전부 망쳐버릴 것 같았다. 이어 모두의 시선이 찐빵 바구니에 쏠린다. 나는 본능적으로 내 소품이 효과적일 것이라는 예감을 한다. 찐빵을 집어 하얀 조명이 비추는 그 어딘가에 손을 뻗어 건넸다.

"찐빵 하나 사 가유! 내 천 원만 받을게!"

그리고 시야를 가리던 조명 옆으로 고개를 빼어 관객의 얼굴을 확인했다. 복도에서 오며 가며 마주친 기억이 있는 학생들이 앉아있다. 순간 심장이 쿵- 내려앉았다. 이들의 다음 반응이 두려워졌다. 고개를 돌리려는 순간, 무리는 예상과는 달리 활짝 웃으며 깔깔댄다. 내가 건넨 차가운 찐빵을 받아 간다. 돈을 주는 시늉을 하며 내 손바닥까지 부딪혀 준다. 그저 재밌는 모양이었다. '지금 이 순간은 나를 배우로 생각하고 있구나' 생각한 순간, 이루 말할 수 없는 희열이 차오른다. 그렇게 차가운 찐빵 바구니는 즉석에서 전부 매진됐다.

공연이 끝난 직후, 모두가 가방을 챙기고 분장을 지우거나 공연을 보러와 준 가족을 찾아 나서느라 분주했다. 내게 올 사람은 없었다. 아빠는 언제나 모종의 이유로 바빠했고 어린 동생이 혼자 오기엔 여의찮았기 때문이다. 그래도 괜찮았다. 자꾸만 구석에 놓인 차가운 찐빵을 담았던 바구니가 눈에 들어왔다. 아까의 순간은 뭐랄까, 내 인생에서 절대로 뛰어넘을 수 없는 모종의 벽이라도 뚫어버린 듯 신묘했다.

우리 팀이 입상했다. 입상하면 본선에 진출할 수 있다. 본선에 진출한다는 의미는 전국에서 모이는 대회에 또 한 번 나간다는 것이었다. 만감이 교차했다. 연극반 선생님은 한 번 더 공연하는 것이니 더욱 노력을 기울여야 한다고 하셨다. 연말이 오기도 전에 본선은 바로 시작되었다. 나는 개인부문 은상을 받았다.

"저 고등학교 언니 하나가 연극영화과를 준비하고 있어서 그 친구에게 금상을 줬대. 원래는 너였대."

본선이 끝난 후 단체 회식 자리에서 연극반 선생님이 내게 농담조로 말했다. 아무 말 없이 앉아 있던 내가 시무룩해 보여 위로차 해주신 농담 같았다. 사실 나는 매우 기쁜 상태였다. 은상을 받은 것도 얼떨떨하건만, 나의 주체 못 할 과장된 연기에서 누군가 가능성을 봐주었다는 사실에 더욱 어안이 벙벙한 상태였다. 어딘가 자랑하고 싶은 마음 반, 생각지도 못했던 분야에 대한 새로운 갈망이 반. 새로운 가능성을 마주하며 마음이 조금씩 복잡해졌다. 내가 연기를 하며 살 수 있을까. 잠시나마 다른 세상에 다녀온 것 같은 짜릿함이 아직도 두 손에 저릿하게 남아있었다. 나만이 알고 있는 가상의 유토피아가 생겨난 오묘한 기분, 이유 모를 인생의 화살표 하나가 또렷이 떠올랐다.

* * *

집에 도착해 내일의 일과 목록을 훑어본다. 공식적인 휴일이라 생각하기로 한 날이었고 답장하는 일에서 잠시 벗어날 수 있는 하루였다. 영상을 찍기로 한다. 조금씩 유튜브 채널에 영상을 만들어 올리는 일을 했다. 답장하는 일을 하기 전 주변 사람들이 유튜브라는 거대한 파도에 올라타는 모습을 보고 덩달아 개설해 조금씩 채워놓던 곳이었다. 나만의 영상을 편집해 올리는 재미가 꽤나 쏠쏠했다. 하나씩 완결해 올리는 성취감과 의미가 상당했다. 하지만 뜻 모를 공허함과 싸우는 날들도 여전했다.

나는 단순 브이로그부터 시작해 드라마가 가미된 콘셉트 영상까지 함께 만들어 올렸다. 영상 속의 나는 멋대로 만들어낸 대본을 따라 연기도 하고 내레이션도 했다. 하고 싶은 모든 것을 다 했다. 어딘가에 내가 찍힌 모습을 제대로 마주하는 최초의 경험 역시 신선했다. 나는 영상을 통해 나 자신, 나와 같은 또 다른 이들과 소통하고 싶었다.

다소 마이너하지만 꾸준한 반응은 있었다. 영상 하나로 위로가 되었다는 댓글 하나하나가 무채색의 일상에 새로운 활력을 불어넣는다. 백 년 만의 폭설이 내렸다던 그날부터 꽁꽁 얼기 시작한 마음이 조금씩 녹아내리며 매끈한 조각이 되는 순간들이었다. 나의 그림자도 당신의 그림자와 같다. 당신의 그림자도 나의 그림자의 또 다른 형태일 뿐이다. 뭐 그런저런 이런 위로들을 서로 주고받는다는 것이 꽤 힘이 되었다. 불특정 다수가 함께하는 온라인 공간에 나는 마음을 주었다.

다만 돈이 안 되었다. 생활을 영위하며 전업할 만한 상황이 되지 못했고, 1년 정도 집중을 하니 슬슬 한계점이 느껴졌다. 악으로 깡으로 버텨가며 마음의 위로만 받을 순 없는 일이었다. 쉽게 벗어날 수 없는 현실의 그늘이 아직도 축축하고 시렸다.

"그래서, 계속 그렇게 살 거니?"

엄마는 여전히 걱정하고 있었다. 서울로 올라온 이래 대학에 들어가고, 셀 수 없을 만큼의 난관들을 지나며 20대의 끝자락에 온 시점이었다. 계속 그렇게 살 것이냐 물음은 하루에도 수십 번씩 스스로 되뇌던 것이었다. 맞는 말이라는 생각이 들면서도 조금은 억울했다. 엄마가 내게 바랐던 공무원 시험을 뒤로하고 조금이라도 나 다운 삶을 살겠다 다짐했었고, 그것을 증명하기 위해서 어떻게든 수입을 일정하게 늘리며 신뢰를 충분히 쌓았다고 생각했다. 하지만 엄마에게 나는 아직도 불안한 맨틀 위에 서 있는 아이에 불과했다. 절망스러운 기분이 들었다. 뭔가 더 필요했다. 추가로 내가 할 수 있는 부업을 마구잡이로 찾기 시작했다. 뭐든 내가 할 수 있는 일이라면 아무래도 좋았다.

"유튜브에서 연기할 거면 진짜 무대에도 올라가 봐요."

단발성으로 나간 리포터 촬영 현장이었다. 답장하는 일은 잠시 잊고, 하루를 온전히 다른 사람처럼 보내기로 다짐했다. 쉬는 시간에 조연출이자 배우로 일하던 언니가 내 유튜브 채널을 구경하다 저렇게 운을 띄웠다. 정통 연극을 하는 곳으로 찾아가 무대 경험을 제대로 쌓아봐라. 무대라니. 그 매력적인 단어에 봉인되어 있던 기억 하나가 다시 떠올랐다.

내가 다시 배우로 살아도 될까. 아르바이트를 몇 가지 병행해야 할 것이 마음에 걸렸지만, 무대에서의 생활이라면 충분히 직장을 관둘 합리적인 이유가 될 수 있을 것 같았다. 차가운 찐빵 바구니로 뜨겁게 열광 받던 순간이 떠오른다. 고민할 이유가 없었다.

*   *   *

"오랜만이지. 어떻게 지내니?" 동네에서 엄마와 아주 친했던 새댁 아줌마와 마주쳤다.(엄마가 새댁- 하고 불러서 나도 새댁 아줌마라고 불렀다.) 엄마와 함께 자취를 감춘 것 같았던 사람이 오랜만에 나타나 적잖이 당황스러웠다. 새댁 아줌마는 나에게 엄마가 사실은 그리 멀지 않은 곳에서 우리를 기다리고 있다고 말해주었다. 또다시 쿵- 하고 심장이 내려앉는다. 예상치 못한 때마다 불쑥 나타나는 엄마라는 단어 하나.

"사실은 엄마가 작년부터 A시에(인접 지역) 살고 있었어. 아줌마랑은 연락했어. 돈 모아서 어른 되면 만나자고 전해달래, 엄마가."

그리고 맛있는 걸 사 먹으라며 용돈을 쥐여주고 뒤돌아 가는 새댁 아줌마의 모습을 보니 마음이 아려왔다. 어디서요? 라는 질문을 속으로 꾹꾹 집어삼킨 채. 어른이 되면, 엄마와 나는 어디서 만나야 할까. 저 말은 진짜일까.

진짜였다. 새댁 아줌마는 한 번 더 나를 찾아왔다. 이번엔 엄마와 함께였다.

"엄마는 외갓집이 있는 서울에 갈 거야. 어른 되면 엄마랑 만나자."

"싫어. 나도 같이 갈래. 동생도 같이 가."

"아직은 안 돼. 엄마가 열심히 돈 모아서 어른 되면 데리러 올게."

"밥도 조금만 먹고! 설거지도 내가 다 하고! 속 안 썩이고 얌전히 있을게! 두고 가지마아…."

엉엉 울며 시작해 엉엉 울며 마무리한 재회의 순간. 그때의 나는 본능적으로 지금 엄마를 따라 서울에 가지 않으면 내 삶이 많이 힘들어질 것 같다고 예감했던 것 같다.(그리고 이것은 정말 잘한 선택이었다.) 아빠는 괜한 자존심을 부리며 우리를 놓아주지 않으려 했다. 나를 때리거나 위협하기도 했지만 결국 필사적인 내 뜻을 꺾을 수는 없었다. 그도 그럴 것이 아빠에겐 이렇다 할 명분이 없었다.

결국 엄마는 아득바득 우겨대는 나와 동생을 데리고 상경을 했다. 서울로 갈 수 있다는 사실이 나를 흥분케 했다. 서울로 향하기 전 마지막으로 확인한 우편물은 아직도 끝나지 않은 연대보증 빚의 독촉장이었다. 아무리 생각해도 아빠에겐 우리를 붙잡을 만한 자격이 없었다. 서울로 떠나오는 기차 안에서 반복적으로 흘러가는 건물의 모습을 보며 아빠에 대해 잠시 생각했다. 어떻게 하면 인생이 더 안 좋은 길로 향할 수 있는가에 관한 다양한 마지노선들. 나는 절대로 밟지 않겠다고 다짐한다. 나는 할 수 있을 것이다. 나는 서울에 간다. 아빠와는 다른 길에 설 것이다.

*　*　*

마지막 20대의 순간에 이르러 다시금 반추해보는 것은 도대체가 나는 무엇으로 움직이는 사람인가 하는 것이다. 수많은 가면을 쓰고 벗어 던지기를 반복하며 어린 나날과 누군가 가르쳐 주었으면 하는 마음을 안고 속절없이 방황하던 나날들을 생각한다. 답장하는 일은 곧 그만두었다. 조연출 언니의 추천대로 정말 대학로에 갔다. 20대의 마지막 1년이라면 조금 더 객기를 부려보아도 되지 않을까. 아르바이트는 3가지나 구해 두었다.

무대에 오르는 매 순간이 행복했냐고 묻는다면 "글쎄, 잘 모르겠다"라는 말밖엔 못 하겠다. 그러나 움직이는 내 모습과 말하는 내 모습, 웃고 우는 내 모습들을 누군가에게 고민 없이 보여줄 수 있을 정도로 바로 선 인간은 될 수 있었다. 그런 인간이 되기까지 많은 순간이 필요했다. 침묵 속에서 나만이 들을 수 있는 비명을 속이 새까매질 때까지 고래고래 질러대며.

나는 앞으로 다양한 인물의 삶을 대리하는 사람으로 살며 내 삶의 흉터들을 조금씩 녹여낼 것이다. 그렇게 살기로 다짐했다. 2020년, 일부러 짜 맞춘 듯한 30세의 순간이 오기 전까지 힘겨웠던 인생의 한가운데에 작은 깃발을 꽂고 새로운 도착지를 향한 방향을 가늠해본다. 의미 없는 메일을 뿌려대고 답장만을 기다리던 무채색의 나를 누구보다 채도 높게 채워갈 것이다. 나는 할 수 있을 것이다. 나는 새로운 세상으로 나아간다.

이것은 내 이야기를 읽는 당신에게 보내는 첫 번째 메일이다. 이전과 달리 진심 어린 마음들을 꾹꾹 눌러 담고 위로와 응원 역시 아낌없이 곁들였다. 서투른 메일로 전하고 싶었던 단 하나의 문장이라면 '나의 그림자는 당신의 그림자와 같다.'

지금도 굳건히 방황하고 있을 당신을 위해, 언젠가 예상치 못한 곳에서 뜻하지 않은 공감의 답장을 받을 수 있기를 바라며.

그리고 세수를
아주 열심히 합니다.

나경호

그리고 세수를 아주 열심히 합니다.

나경호

#1

동생은 초등학교 때 경계선 지능 장애를 진단받았습니다. 진단처럼 동생은 초등학교 6학년 이후로는 더 이상 자라지 못한 것일까요? 당시에는 이게 딱히 문제라고 생각하지 않았습니다. 그 당시 나역시 더 이상 자라지 못했으니까요. 긴 학창 시절과 사회생활을 간신히 견뎌내었던 내 삶이 마치 씨앗조차 없는 빈 화분에 끝없이 물을 주고 있는 모양새와 비슷하다 느껴졌던 시절이었으니깐. 어쩌면 차라리 아무것도 모르는 동생이 저보다 더 나을지도 모른다 생각했습니다.

어렸을 적 동생에 대한 기억은 희미합니다. 동글동글하고 순하게 생겨서 과자나 우유를 좋아했다는 것 말고는 기억이 나지 않습니다.

내가 중3 때 동생이 태어났으니 동생이 아기였을 때 저는 학업으로, 대학으로, 군대로, 회사로 늘 집 밖을 떠돌아다녔습니다. 다른 집들처럼 화목하지 못했던 집에 마음 둘 곳이 없었던 저는 마치 가족이 없었던 것처럼 밖으로 돌았습니다. 그 안에 어린 동생이 있다는 생각조차 잊어버린 채.

동생이 중3이 되던 날, 동생은 더 이상 학교에 가기 싫다고 등교를 거부하고 나서야 동생이 문제를 겪고 있다는 것을 알게 되었습니다. 동생은 오랜 시간 친구들한테 왕따를 당했다고 합니다. 놀림 받고 발로 차이고. 말이 느리고 언어가 능숙하지 않았던 동생은 선생님께도 집에도 자신이 겪고 있는 처지와 감정을 제대로 말하지 못했을 겁니다. 동생은 학업이 뒤처지고, 여러 어리숙한 행동으로 집에서 부모님께 참 많이 혼났었는데, 학교에서 아이들한테 훼손당하고 집에 와서도 훼손당했던 동생의 초중고 12년은 아마도 길고 긴 외로움과 괴로움으로 점철되었을 겁니다.

되돌아보니 어린 여동생에게 이 세상이란 늘 사람들의 눈치를 보고 혼나고 주눅 들어야 하는 곳이었을 겁니다. 나는 그때 무얼 하고 있었을까요? 내 가족이, 내 동생이 그렇게 괴로워하고 있는 동안 나는 무얼 하고 있었을까요? 황망한 마음에 아무리 떠올려보아도 기억이 나질 않습니다. 이리도 기억나지 않는 걸 보니 절대 중요한 일은 아니었나 봅니다.

그리고 세수를 아주 열심히 합니다.

동생은 고등학교를 졸업하고 대학에 가지 못했고 아르바이트 자리나 일자리를 구하지 못했습니다. 당시 동생은 일하고 싶은 마음이 매우 절박했습니다. 매우 조급한 마음으로 아르바이트 자리를 여기저기 구했는데 그조차 계속 떨어졌습니다. 나는 일자리란 게 그렇게 쉽게 구해지지 않는 거라며 너무 조급하게 생각하지 말고 걱정하지 말라며 막연하게 훈계했던 기억이 납니다. 더 이상 무언가에 소속되지 못한 인간이 겪게 될 불안과 고통을 잘 알고 있었으면서 정작 내 동생이 그런 불안을 느낄 거라는 생각은 하지 못했습니다. 이럴 때 보면 가족이라는 이름은 참으로 나약하고 무심합니다.

그렇게 동생이 여기저기 아르바이트를 찾다가 엉겁결에 동네 빵집에 들어가서 하루 만에 잘리고 돌아왔는데 동생은 집에 있는 온갖 휴지를 다 써가며 방에서 소리 없이 울었습니다. 며칠 후 동생의 표정과 언어가 이상해졌는데 누가 자꾸 자기 욕을 한다고 합니다. 윗집에서, 옆집에서, 화장실에서. 그때마다 부모님과 나는 무슨 소리를 하냐며 정신 바짝 차리라고 혼을 냈습니다.

며칠이 지나도 동생은 제발 좀 윗집에 가서 자신을 놀리는 사람을 혼내 달라고 울고불고 내게 매달렸는데, 나는 그때 크게 아연실색할 수밖에 없었습니다. 유치원 때, 초등학교 때 자신을 놀린 아이, 중학교 때 자신을 놀리고 괴롭혔던 아이들의 이름이 거론되었기 때문입니다. 그 아이들이 지금도 자신을 쫓아다니며 놀리고 있다고 괴로운 얼굴로 울며 부탁했습니다. 그렇게 동생의 언어는 대상과 시간,

맥락이 뒤죽박죽 섞여 있었습니다.

 다음날 병원에 가 진단을 받았는데, 의사는 조현병인 것 같다며 빨리 입원하고 치료받아야 한다고 했습니다. 나 그리고 우리 가족은 너무나 혼란스러웠습니다. 병의 내용도 모르고, 내 동생이 왜 정신과에 와야 하는지, 왜 이리 힘들어하고 괴로워하는지 아무리 이해하려 해도 이해가 가지 않았습니다. 하물며 당사자인 동생은 어땠을까요?

 입원을 하기로 한 날, 의사 선생님께 들었던 이야기를 동생에게 전했는데 동생은 아무 말도 하지 않고 병원 대기실에서 뚝뚝 눈물을 흘렸습니다. 자신한테 일어난 일을 전혀 이해하지 못한 채, 또다시 부모가, 세상이 시키는 대로 침묵하고 묵묵히 따를 수밖에 없었을 것입니다. 동생은 폐쇄 병동에 입원한 그 날부터 꺼내 달라고 밤마다 울면서 공중전화로 내게 전화를 걸었습니다. 자기가 왜 이곳에 있어야 하냐며. 너무 무섭다고 제발 자신을 이곳에서 꺼내 달라고.

 저는 그때 다니던 회사의 일들도 엉망이었는데 회사 내 사람들은 서로를 속고 속이며 상처 입히는 일들이 난무했습니다. 함께 동네에서 어울렸던 친구들은 내가 이제는 재미가 없는 사람이 되어버렸다고 말했습니다. 그 당시 난 겉으로는 웃고 있었지만, 도저히 정신을 차릴 수가 없었습니다. 나는 책을 많이 읽고, 억울하고 힘들어하는 사람들의 이야기를 많이 듣고, 위로와 용기를 주기 위해 애를 썼는

그리고 세수를 아주 열심히 합니다.

데, 정작 동생에게는 해줄 수 있는 말이 하나도 없었습니다.

혼란스럽고 불안했지만, 가족들과 수없이 논의하고 말다툼한 후 동생을 병원에서 데리고 나왔습니다. 가족이 먼저 변해야 했습니다. 가족 내 대화 속에 있는 욕과 차별, 혐오가 사라지고 동생을 대하는 태도와 눈빛, 시선이 달라졌습니다. 가족들 저마다 소중히 여기는 삶의 가치와 방식이 동생을 최우선 순위에 두고 바뀌었습니다. 아버지와 어머니, 그리고 나는 서로에게 받았던 상처와 고통을 잠시나마 덮어두고 동생에게 집중하였고 말로만 가족이었던 사람들 사이에 불편한 협력이 시작되었습니다.

나는 한때 목소리가 작은 사람들의 이야기를 더 잘 듣고 그들의 목소리가 더 커질 수 있도록 도와야 한다고 생각하는 시절이 있었는데, 동생의 사건이 발생하고 나서는 애당초 자신의 목소리를 낼 수조차 없는 엄혹한 세상의 사람들에게 관심을 두게 되었습니다. 그때서야 장애와 정신질환 등 사회에서 끊임없이 소외되고 배제되는 사람들이 하나둘씩 눈에 보이기 시작했습니다. 가족들은 부단히 노력하고 또 노력했습니다. 나도 부모님도, 동생 자신도. 우리는 자료를 찾고 두꺼운 관련 서적을 끊임없이 읽고 공부하였고 우리가 지금 무엇을 해야 하는지, 어찌해야 하는지를 알기 위해 얄팍하고 잔인한 생계를 유지하면서도 분투하였습니다.

동생이 약을 먹은 지 5년째가 되는 날, 동생은 더 이상 약을 먹지 않겠다고 내가 언제까지 이 약을 먹어야 하냐고 울며 약 먹길 거부했습니다. 성분을 공부하고 이에 따른 부작용이 얼마나 심각한지 잘 알고 있던 가족들은 더는 동생에게 약을 먹으라고 말할 수 없었습니다. 약을 끊고 동생은 점점 달라졌습니다. 따스했던 눈빛이 점점 식고 말에서 생기를 잃어갔습니다. 동생은 일주일 가까이 밥을 먹지 못하고 잠도 못잤습니다. 심성이 착해 누구를 함부로 대할 생각조차 못 했던 동생, 벤치에 앉아 좋아하는 초코우유와 과자를 귀엽게 먹던 늦둥이 어린 동생의 모습은 사라져갔습니다.

와중에도 틈틈이 동생과 아침저녁 동네 공원을 돌았는데 동생은 여기저기에 작별 인사 같은 걸 했습니다. 거리에 있는 이름 모를 화분에다가, 마을버스에다가, 자주 지나가는 공원의 나무에다가 웃으며 손을 흔들었습니다. 친구 하나 없었던 동생은 매일 자신이 보고 만졌던 사물들에 대고 인사를 했습니다. 동생이 '왜 이러지'라는 생각과 여차하면 지금과 같은 동생의 모습을 어쩌면 영영 볼 수 없다는 생각이 들어서 나도 모르게 동생에게 이런 말을 했습니다.

"그동안 애 많이 썼어. 인선아. 사랑해"

그러자 동생도 말했다.

"오빠도 수고 많았어. 사랑해"

그리고 세수를 아주 열심히 합니다.

간결하고 상냥했던 마지막 대화가 추운 겨울밤 잠시 오갔습니다. 그날 새벽 집에서 호되게 난리가 나고 아버지가 부른 경찰차 두 대가 아파트 단지 아래에서 오랜 시간 대기하는 사건이 발생했습니다. 다음 날 동생은 완전 다른 사람이 되어 있었습니다. 전처럼 잘 웃지도, 상냥하지도, 초코우유와 과자를 찾지도 않고, 더는 어딜 가자 나가자 나를 귀찮게 하지도 않았습니다. 슬며시 와서 안아주고 말도 안 되는 이야기를 하며 혼자 깔깔 웃던 어린 동생은 사라졌습니다. 내가 준비되어 있든 말든 상관없이 내가 알던 동생은 사라졌고 시간은 속절없이 흘렀습니다.

그 이후에도 생계와 생활은 속절없이 계속되었는데, 어느 날 세수를 하다가 눈물이 슬쩍 나서 닦다가 걷잡을 수 없이 쏟아졌습니다. 너무나 미안해서. 어린 시절 함께 해주지 못하고, 혼자서 긴긴 시간을 힘들게 보냈을 어린 여동생이 지난 5년간 나와 잘 놀아주다가 떠나버린 것 같아서.

아! 나는 왜 이리 멍청했을까. 나는 왜 몰랐을까.

어쩌면 많이 못 놀아준 오빠가 보고 싶어 조현병을 핑계로 어린 여동생이 내게 찾아왔던 게 아닐까. 돈도 없어 해준 거라곤 아침저녁으로 호수공원을 돌고, 같이 밥을 먹고, 노래방에 가고, 오락실에 간 게 전부였을 뿐인데. 그 흔한 여행 한번 같이 못 가고, 어디 신나고 좋은데 한번 못 데려가 주고. 와중에 힘들다고 중간중간 모진 소리를 한 적도 많았는데. 나는 왜 그랬을까. 가까이에 있는 나를 멀리서부터 찾아오기 위해 여동생은 얼마나 애를 썼을까.

살면서 온갖 불우한 일과 고통스러운 기억이 찾아왔을 때도 울어본 적이 없었는데 폭풍처럼 길게 울고 나서 마음을 다잡습니다. '지난 5년간 내가 사랑했던, 나를 사랑했던 동생의 모습을 또다시 보고 싶다. 하지만 매일 저녁 내가 떠나보내야 할 동생이, 매일 아침, 내가 새롭게 사랑해야 할 동생이 곁에 있다. 그래. 그래도 곁에 있다'라고 생각하면서.

우리는 서로 죽지 않았으니 이렇게나마 지금 당장은 곁에 있을 수 있다고. 비록 가난하고 별일 없는, 별 볼 일 없는 두 백수 남매가 서로에게 의지해 이렇게나마 작게 살아있다고. 그래 매일 새로운 동생이 찾아오면 나도 매일 새롭게 사랑해야지. 별수 있나. 깊게 숨을 들이마십니다. 눈물을 소매로 열심히 닦습니다. 그리고 세수를 아주 열심히 합니다.

#2

이후로 동생에게도 가족과 저에게도 많은 일이 있었습니다. 동생이 옆에 있지만, 핸드폰을 켜 과거의 동생 사진을 보는 날이 많아집니다. 오늘 하루 나름 잘 보낸 동생이 자기 전 약을 먹다 이불 위에 토했습니다. 엄마는 그걸 치우고 있었고 분리수거를 갔다 온 나는 그 자리에서 굳어버렸습니다. 내 혈육인데, 어렸을 적 동생 기저귀도 많이 갈아봐서 지저분하다는 마음보단 짠함이 솟구쳤습니다. '녀석 약이 독해 평소 밥도 잘 못 먹는데'

 오늘 있었던 일상의 고단함과 잘 풀리지 않는 일들, 답답함과 슬픈 것들은 사진 속 사랑하는 사람들의 웃는 모습 뒤로 숨겨놓을 수밖에 없습니다. 별다른 선택지가 없는 하루. 그래야 나라도 웃고 기운 내서 에너지를 남겨놔야 그 여력으로 간신히 동생과 시간을 보낼 수 있으니.

#3

 동생과 요양원에 있는 할머니를 보러 갔습니다. 무슨 일이 있어도 내 편이었던 나이 든 그녀와 이제는 늘 내가 편을 드는 어린 그녀. 죽음이 머지않은 그녀와 삶이 창창한 그녀는 오늘도 살아내기 위해 부단히 애쓰고 있습니다.

 세상의 불의와 각종 문제는 사회의 가장 약한 부분을 뚫고 나온다고 합니다. 어느 순간부터였을까. 내 눈앞에 드러난 환부를 마주하느라 누군가가 외치는 정의와 구호, 슬픔과 고통, 문제 제기들이 잘 와 닿지 않게 되었습니다. 이름 없는 계절을 보내고 있을 그녀들의 생각에 다른 이들의 목소리는 집중이 되질 않습니다.

잘 들리지 않습니다. 닿질 않습니다. 나는 그게 사람들한테 늘 미안하였지만, 이제는 살가운 친구도, 동료도, 친척들도 없는 그녀들이 '얼마나 외로웠을까?' 라는 생각에만 집중합니다. 그녀들의 핸드폰에는 가족 외에 다른 연락처들이 별로 없고 이따금 스팸 문자들만 오는데 그조차도 지우질 않습니다. 한 번씩 그녀들의 핸드폰을 뒤져켜켜이 쌓인 스팸 문자를 읽습니다. 어느 은행에서 돈을 빌려준다거나 무슨 사이트에 가입하면 무얼 준다거나 등등.

스팸 문자는 사회가 그녀들을 대하는 유일한 방식이자 소통입니다. 덕분에 그녀들에게 온 스팸 문자를 읽을 때마다 나는 점점 억지로 웃는 날들이 많아집니다. 밥이 목에 넘어가질 않는 날이 많아집니다.

#4

동생은 코로나 이전에도 딱히 갈 곳이 없었습니다. 코로나로 갈 곳을 잃은 게 아니라 애당초 갈 곳이 없는 사람들도 있습니다.

'앞으로 동생과 갈 수 있는 곳은 끽해야 인적 없는 집 앞 놀이터가 유일할 것 같은데'

그리고 세수를 아주 열심히 합니다.

사회적 거리두기는 그나마 사회적인 접점이 있는 사람들이나 쓸 수 있는 말이고, 애당초 사회에서 단절되거나 소외 혹은 배제된 사람들은 코로나가 무언데 이리도 난리인지, 왜 자신이 마스크를 써야 하고, 그나마 간신히 들를 수 있는 몇몇 장소에 더 이상 갈 수 없는지 이해조차 하기 쉽지 않습니다.

마스크를 썼나 안 썼나 모이지 말랬는데 왜 모였냐? 개념이 있니, 위생 관념이 없니, 이런 백 마디 성토와 짜증보단 가장 피해를 보고 있을 약자들이 현재 어떤 처지에 있을지 이런 고민이 더 시급하지 않을까 생각이 듭니다. 사회문제의 가장 잔인한 점은 가장 힘없는 약자들과 소수자들을 통해 발현된다는 데에 있습니다. 사회의 온갖 문제와 부하는 항상 그 사회의 가장 약한 부분을 뚫고 나옵니다.

사회가 이렇게 어려운 데 왜 동참하지 않느냐, 작은 목소리를 더 크게 들어주거나 대변하지 않느냐, 의식이 없느냐 이런 노성들을 종종 접하는데 나는 차라리 이런 영역은 다행이란 생각이 들 때가 종종 있습니다. 다들 이미 알고 있지만 떠올리기조차 어렵고, 언급하기 불편한, 감히 가늠하기조차 엄혹한 영역에선 국가와 정치, 마을과 공동체 심지어 가족들조차 이들에게 해줄 수 있는 게 사실 거의 없습니다. 방치하거나 가둬두거나 보기 불편하니 집 밖으로 못 나오게 하거나 이들이 죽어 없어질 때까지 모른 척할 뿐.

코로나 초기에 정신병동에서 단체로 죽은 이름 모를 피해자들이

떠오릅니다. 사회와 정치가 끊임없이 이들을 밀어내고 배제하고 소외시키고 있는데,

'이들은 그런데도 이 사회와 정치를 존중하고 좋아해야 하나?'
'엄혹한 환경과 처지에 있는 이 사람들이 단 한 번이라도 이 사회에 소속되었다는 자각을 가지고 살아본 적이 있었을까?'

요새는 이런 질문을 자꾸 떠올립니다.

#5

동생과 22번째 아침 산책. 오늘은 부부로 보이는 중년 남성과 여성이 우리 앞에서 걸었습니다. 남성분이 여성분의 어깨에 슬쩍 손을 얹었는데 여성분이 간결한 동작으로 탁! 하고 쳐냈는데 그 동작이 마치 옛날 무협영화의 이소룡 같았습니다.

남성분은 굴하지 않고 주성치처럼 끈질기게 어깨에 손 얹기를 시도했고 여성분은 이소룡처럼 계속 쳐냈습니다. 남성분이 한두 걸음 뒤에서 풀이 죽은 채 걸어가고 있었는데 여성분이 한숨을 크게 내쉬더니 남성분의 손을 잡고 앞뒤로 크게 흔들며 빠른 걸음으로 사라졌습니다.

그리고 세수를 아주 열심히 합니다.

뒷모습에서, 발걸음에서 남성분 얼굴의 신나 하는 표정이 느껴졌는데 말없이 그걸 보던 여동생이 말했습니다.

"저분들도 우리처럼 남매인가?"

그래서 답해줬습니다.

"보통 남매들은 우리처럼 손을 잡거나 팔짱을 끼고 다니지 않아…."

#6

'왜 그러고 살아?'

매일매일 동생을 돌보며 함께 살아가기 위해 바둥거리는 내게, 사람들이 주는 관심과 걱정의 대다수는 항상 이 질문이 선행되거나 슬그머니 뒤따릅니다. 표정으로, 목소리로, 분위기로, 상황으로.

'이제 욕심을 좀 부리면 안 돼? 언제까지 동생만 돌보며 살 거야? 언제까지 사람 좋은 척하며 살 거야? 진짜 걱정돼서 그래. 그래도 직장은 구해야지. 돈은 벌어야지. 결혼은 해야지. 네 나이가 지금 몇인데. 혹시 집에 돈이 많아? 어휴 포기다 포기. 너는 텄어. 말해

도 못 알아들으니 알아서 해.'

나는 지금까지 이 말들을 얼마나 많이 들었을까? 그리고 나는 이 말들을 앞으로 얼마나 더 들어야 할까? 나는 사람들에게서 수많은 아름다움을 관찰하고 헤아리며 살고 싶었는데, 언제인가부터 사람들이 내게 가하는 걱정과 조롱의 수치를 헤아리게 됩니다.

걱정과 조롱에도 성수기와 비수기가 있는데 요즘 같은 명절날에는 난리도 아닙니다. 걱정과 조롱과 멸시의 삼위일체 같은 날이 있습니다. 그렇게 걱정이 되면 말을 하지 말고 그냥 돈을 주지.

사람들은 그리 길게 살며 온갖 진귀한 것들을 눈과 입과 귀에 담고 경험했으면서 내 앞에 서서 할 수 있는 말과 질문이란 게 고작 이 정도밖에 되지 않는 걸까, 그 수많은 아름다움과 슬픔과 호기심은 어디로 팽개쳐 놓은 걸까? 사람들은 정말 내가 궁금한 걸까? 내 이야기를 듣고 싶어서일까? 내가 느낀 바로는 그렇지 않습니다.

사람들은 나의 불안과 곤궁한 삶을 끊임없이 자신들의 눈으로 확인하면서 '나는 그래도 괜찮네. 저 정도까지는 아니지' 등의 안심과, 혹여나 '저 자식 저 와중에도 정말 행복한 건 아니지? 잘살고 있는 건 아니지?' 라는 불안의 언저리쯤에서 나에게 말을 걸었습니다. 예술가는 자신의 슬픔을 통해 타인의 슬픔을 위로한다는데 자신의 슬픔을 위로하기 위해 타인의 슬픔을 들춰내거나 끌어내리는 사

그리고 세수를 아주 열심히 합니다.

69

람들은 무엇이라 불러야 할까요?

다음번에 누가 또 '왜 그러고 살아?' 라고 묻는다면

'하하하하. 그러게? 내 삶이 비웃기 좋다니 다행이다. 같이 웃어
줄게. 술이나 마저 마시자.' 라고 대답해 줘야겠습니다.

#7

아픈 동생, 가족들과 함께 보내는 시간처럼, 나한테 정작 중요한
일들은 아무리 노력해도 대개 티가 나지 않고 안 해도 누가 뭐라 하
지 않습니다. 그리고 사방에서는 발등에 떨어진 불처럼 급하거나 중
요하지 않은 일들이 넘쳐납니다. 이 와중에 무엇보다 중심과 심기를
잃어버리지 않고 나한테 가장 중요한 일들을 차곡차곡 해나가는 게
정말 중요합니다.

나한테 가장 소중하고 나한테 가장 필요한 일은 누구도 대신해 주
지 않습니다. 백날 벽돌을 찍고 백날 설계도를 고쳐 그린다고 해도
자동으로 집이 되지는 않습니다. 그럴만한 짓거리, 꼭 필요한 짓거
리, 소중하고 중요한 짓거리들을, 동시다발적으로 수없이 발생하는
사건과 관계들 속에서 서슴없이, 빠짐없이 해내야 합니다.

제가 매일매일 동생과 함께 산책하고, 밥을 먹고, 곁을 지키는 일처럼 말이죠. 밖에서 오는 구원은 없습니다. 결국 스스로가 스스로를 구원할 뿐입니다.

#8

아침에는 호수공원을, 저녁에는 기찻길 공원을 100번이 훌쩍 넘도록 동생과 걸어 다니며 하루 중 많은 시간을 함께 보냅니다. 두 남매는 무엇이 달라졌을까?

동생은 여전히 쭝얼쭝얼 혼잣말을 간혹 하지만 전처럼 큰소리로 화를 내거나 새벽에 혼자 일어나 몰래 울지는 않습니다. 무척 많이 변했습니다. 예전에는 새벽에 온 동네가 떠나갈 정도로 큰 소리로 울 때가 많았습니다. 그러면 저랑 엄니는 동생을 안고 달래며 이마에 맺힌 땀을 닦아주고, 아버지는 사람들이 놀란다고 창문이며 방문이며 온 문을 꼭꼭 닫았습니다. 사람들이 뭐라 하면 이사 가야 한다며.

그런 일들을 몇 년 겪고 나니 저에게는 새로운 습관이 생겼는데 새벽녘에 누군가 흐느끼는 소리가 들리면 반사적으로 깹니다. 두 눈을 비비며 엄니랑 동생이 잘 자고 있는지 먼저 확인하고 느린 몸을 이끌고 가족들이 깨지 않게 조용조용 발걸음을 옮기며 흐느낌의 정체

그리고 세수를 아주 열심히 합니다.

를 찾습니다.

동네에서 발생하는 크고 작은 소리는 동생에게도 크고 작은 영향을 미칩니다. 공을 들여 찾습니다. 베란다 창문을 열면 그 늦은 시간에 한 명씩 저 공원 쪽에서, 주차장 쪽 벤치에서, 혹은 윗집에서, 때로는 옆집에서 누군가가 웁니다. 여자도, 남자도, 아이도, 노인도 밤에는 많이 웁니다. 누군가는 집 밖에서, 누군가는 집 안에서. 누군가 우는 소리는 매번 저의 신경을 극도로 예민하게 만듭니다. 돌이켜보니 어려서부터 사람들의 우는 모습, 우는 소리를 많이 보고, 많이 듣고 살았나 봅니다.

요즘은 다행히 동생이 잘 잡니다. 깨지 않고. 아마 저도 곧, 잘 잘 수 있을 것 같습니다.

#9

정작 중요한 건 아무도 알려주지 않습니다. 예를 들면 아픈 가족들과 어떻게 살아가야 하는지, 개인의 힘으로 해결할 수 없는 순간에 봉착했을 때 내가 어떻게 말하고 어떻게 행동해야 하는지, 자글자글 구겨진 삶 속에서 조금이라도 인간 꼴을 잃어버리지 않기 위해 어떤 생각과 태도를 가지고 살아가야 하는지. 이런 건 학교에서도, 직장에서도, 사회에서도 아무도 알려주지 않습니다. 나는 여태 무엇을 배웠던 걸까요? 나는 뭘 안다고 사람들에게 주저리주저리 말하고 다녔던 걸까요?

#10

가족, 하나하나 외로운 사람들이 모여 덜 외롭게, 덜 아프게, 덜 억울하게 사는 방식,
가족, 함께 있어도 서로를 외롭게 하고 떨어져 있어도 외롭게 하는 사건,
가족, 당연하지만 당연하지 않은, 없어야 비로소 보이는 존재,
가족, 이 미끄러운 세상에 나의 두 발이 온전히 땅에 딛게 하는 힘,

흘러가지 못하게 바다 아래로 던져지는 닻,
불꽃을 튀기며 성난 나를 멈춰 서게 만드는 마찰,
추위와 배고픔을 막는 온기, 같은 섬유유연제의 향기가 나게 하는 사연,

실타래처럼 엉겨 붙은, 때로는 가위로도 잘라내지 못하는,
서로의 자유와 안식을 끊임없이 방해하고,
서로의 사랑을 끊임없이 확인하려는 또 다른 나의 모습.

그리고 세수를 아주 열심히 합니다.

#11

사람들은 제가끔 도약하기 위해 애를 씁니다. 도시로, 더 넓은 집으로, 더 좋은 직장과 직업을 위해, 더 나은 자신의 처지를 위해 이리 뛰고 저리 뛰고 쉴 새 없이 뛰어다닙니다. 마치 세상이 내일 당장이라도 멈출 것처럼.

어떻게 뛰어야 하는지 잊어버린 42살 대졸 백수 오빠와 어디로 뛰어야 할지 모르는 26살 고졸 백수 동생. 두 백수 남매는 지지난 겨울부터 하루도 빠짐없이 묵묵히 걸어 다녔습니다. 코로나로 갈 곳도 없어 공원과 길 위를 전전하며, 눈이 오나 비가 오나 바람이 부나, 앙상한 나뭇가지를 보며, 꽁꽁 언 호수를 보며, 사람들이 있으나 없으나 쉬지 않고 걸었습니다.

왜 그랬을까.

갈 곳이 없는 동생의 처지에 같이 가담하고, 하루 종일 중얼거리는 동생의 모습을 따라 하며, 휴대폰 전화번호부에는 가족밖에 없는 동생을 떠올리곤 나 역시 사람들과의 연락을 점차 줄여나갔습니다.

점점 우울해지고 의기소침해지는 나, 점점 작아지는 나를 보며, 동생은 '그동안 어찌 지냈을까?' 라는 생각과 그간 동생이 겪었을 외로움과 곤혹스러움에 잠시나마 가담하려 했던 것 같습니다. 그 긴긴 시간 동안 두 백수 남매는 우리 안에 갇혀있는 동물들의 정형행동처럼 호수가 수없이 얼고 수없이 녹는 걸 보았습니다.

'벌써 3월인데 도대체 봄은 언제 오는 거지?'

두 남매는 그 어느 해보다 얼른 날이 따뜻해지고 녹음이 돌아오길 고대했었는데 어제저녁 길가에서 발견한 나무의 작은 꽃잎을 보고 동생이 탄성을 질렀습니다. "어? 꽃이다! 꽃!!" 다른 나무들 역시 끝자락은 터질 것처럼 동그래졌고 이곳저곳 녹빛의 여린 줄기들이 실핏줄처럼 새어 나왔습니다. 아 드디어 봄이구나! 나무들도 도약하기 시작하는구나! 그 모습이 마치 무용수 같았습니다. 발롱! 발롱! 기뻤습니다. 누구에게나 찾아오는 봄이 아니라 보물처럼 발견한 봄이라.

동생과 둘이 손을 붙잡고 신나 하며 폴짝폴짝 집으로 뛰어 들어왔습니다. 발롱! 하하하 다 같이 발롱!

#12

"죽어. 죽어버려. 나가서 죽어버리라고!"

며칠 전 동생이 집에서 난동을 피며 내게 한 말입니다. 동생과 저

그리고 세수를 아주 열심히 합니다.

녁 산책 중 지하철역을 넘어 집으로 돌아오고 있었는데 퇴근하는 무수한 사람들 사이에서 동생이 갑자기 큰 소리로 울더니 욕을 하며 십여 분간 소리를 질렀습니다. 달래고 또 달래는 수밖에 없는데 그날은 유독 심했습니다. 쇠로 된 난간을 발로 차서 부시고 사람들에게 소리를 지르고, 집으로 오는 내내 울었습니다.

다 큰 성인의 울음소리는 겁이 날 듯 크고 무섭습니다. 동생은 조용한 아파트 단지를 가로지르며 욕이란 욕을 다 뱉고 집으로 돌아와서도 쉽사리 진정되지 않았습니다. 나를 때리고, 엄마를 밀쳐서 넘어뜨리고, 화장대에 깔린 유리를 주먹으로 박살 내고, 식탁을 발로 차서 넘어뜨렸습니다. 다급해진 나는 나도 모르게 소리를 빽 질렀습니다. '발 다친다고! 손 다친다고! 그러지 말라고! 폭력적으로 그러면 안 돼!' 라고.

동생도 크게 울며 소리를 질렀습니다.

"이게 왜 폭력이야. 나를 욕하는 사람들이, 나를 놀리는 사람들이. 그게 더 큰 폭력이라고. 내가 나쁜 게 아니라고. 왜 나한테만 그러는 건데! 사람들이 내게 가하는 게 폭력이라고! 내가 폭력적인 게 아니라고!"

자기 가슴을 억세게 수차례 내리치며 세상에서 가장 억울한 사람처럼, 커다란 짐승처럼 온 아파트가 떠나갈 듯 울었습니다. 엄마와 나는 끊임없이 동생을 달래고 미안하다고 말하며 진정시켜 간신히 재웠습니다. 살면서 내게도 괴롭고 힘든 날이 많았습니다. 온갖 차별과 지독한 폭력, 가족 내 불화, 학교에서의 왕따, 온갖 실패와 우울함 등등. 그런데 이번에는 무언가 유독 심했습니다. 왜 그랬는지 모르겠지만 문득 이런 생각이 떠올랐습니다.

'아! 내가 지금 지옥 위에 서있구나. 내가 지금 지옥 속에 살고 있었구나. 여기가, 이 세상이 이미 지옥인 줄도 모르고 내 그동안 사람들과 웃고 떠들며 시시덕거렸구나.'

지옥은 죄를 짓고, 죽어야 가는 곳인 줄 알았는데, 살아있는 게 지옥이라니. 고개를 가로젓습니다. 밤새 담배를 줄줄이 피우고, 나 역시 놀란 마음을 진정시키고 하늘을 올려다보았습니다. '나도 이 정도로 힘들었는데 동생은 얼마나 힘들었을까?' 라는 생각으로 스스로 달랩니다. 나가서 죽어버리라니. 동생은 어디서 그런 험한 말을 배웠을까. 깊게 호흡을 내뱉고 불온한 추억과 감정을 되짚어 봅니다.

'아. 몇 년 전 내가 일 때문에 빚을 크게 져서 독촉장이 집에 와르르 날아왔을 때 아버지가 내게 했던 말이었구나. 그때 마침 어린 동생이 옆에 있었구나. 허허허. 그 녀석 기억력도 좋네. 그때 나는 나만 상처를 받은 줄 알았는데, 가족들 사이에서 자신이 모르는 일로 무서운 소리가 오고 갔으니 동생 또한 얼마나 무섭고 불안했을까. 어휴.'

그리고 세수를 아주 열심히 합니다.

예고 없이, 어떠한 전조증상도 없이 이런 식으로 동생에게 사고가 발생하면 나는 며칠간 웃지를 못합니다. 밥도 넘어가질 않고 잠도 오질 않습니다. 저는 여전히 새벽에 누군가 흐느끼는 소리에 소스라 치게 놀라며 깹니다. 동생과 엄마가 자는 방으로 가 잠든 두 모녀의 얼굴을 확인하고 마음을 진정시킵니다. 그리고 조용히 집 밖으로 나 가 담배를 다시 피웁니다.

나는 압니다. 이제 내가 다시 사람들을 만나 웃으려면 적지 않은 시간과 마음의 준비가 필요하다는 걸. 종종 사람들이 내게 잘 웃는 다 혹은 즐거워 보인다, 사람이 여유가 있어 보인다, 유쾌하다는 말 을 건넬 때면 나는 그게 또 무척 신기했습니다. 내가 그랬나? 아! 아 마 그게 나의 방어기제인가. 사람들은 여전히 나를 모르는구나. 나 는 그때마다 이걸 다행이라 해야 할지, 불행이라 해야 할지, 웃어야 할지, 울어야 할지, 어떤 표정을 지어야 할지 모르는 얼굴이 되곤 합니다.

동생은 다음 날 아침 일어나 나와 함께 길을 걷고 아무 일 없다는 듯이 시간을 보내겠지만, 나는 그런 동생과 함께 있을 때면 어느새 양손에서 식은땀이 흥건합니다. 무언가 몸 안쪽으로 화상을 입은 것 같은 날들이 이어집니다. 그런 날에는 밖으로 내모는 날숨들이 뜨겁 습니다. 벌써 콧속이 뜨겁습니다. 숨을 쉴 때마다 뜨거운 바람 같은 게 내 안에서 계속 뿜어져 나오고 눈 안쪽이 곧잘 뜨거워집니다.

참으로 어렵습니다. 안에서는 천불이 나는데 주변의 좋은 친구들과 이웃들을 상냥하게 마주 보고 친절하게 대하는 것이. 또 다른 지옥이 시작됩니다. 밑바닥에서부터 올라오는 온갖 억울한 기억과 지저분한 감정이 커다란 파고를 일으키면, 보잘것없는 인간 꼴을 지키기 위해 손톱만 한 나경호가 발톱만 한 자존감을 붙잡고 연신 허우적대며 사투를 벌이기 시작합니다. 내가 입었던 상처와 고통이 새어 나와서 나와 내 가족, 내 친구와 이웃들에게 전달되지 않게 하려고 안간힘을 씁니다.

내 표정이나 언행에서 이상함을 감지한 친구들이 술을 먹자, 무얼 하며 놀자 연락합니다. 별 이야기는 없지만 그 시간에 힘을 받아 나는 즐거운 나로, 일상으로 돌아오고는 합니다. 고맙게도 친구들의 도움과 격려가 있지만 그것만 가지고는 쉽게 회복되지 않습니다. 고혈을 짜내는 노력을 해야 합니다. 나의 기분을 좋게 하려고, 사람들을 만나 웃고 견뎌낼 수 있게, 다시 가족들에게 돌아와 좋은 마음과 분위기를 전하기 위해 이가 갈리는 노력을 기울여야 합니다. 나는 행복해지기 위해 미친 듯이 애를 씁니다.

와중에 다른 사람을 돕고, 사람들의 이야기와 자신의 이야기에 더욱 귀 기울이고, 자신을 위해 글을 쓰고, 그림을 그리고, 춤을 춥니다. 나를 낫게 하는 음악과 책, 수많은 화가의 그림을 눈에 담고, 수많은 시인들의 절절한 시들을 꼭꼭 씹어서 읽습니다. 더 크게 웃습니다. 더 많이 웃습니다. 그렇게 행복한 내가 돼서, 다시 동생과 가

그리고 세수를 아주 열심히 합니다.

족을 마주하기 위해 치열하게 고민하고 공부하고 애를 씁니다. 나는 그저 봄바람처럼 살랑살랑 기분 좋아지자고 행복해지려는 게 아니라 살기 위해 행복해지려 처절하게 애씁니다.

나는 오늘도 웃습니다. 행복해지려고. 그렇게 나는 어제도 오늘도 내일도 온 힘을 다해 웃습니다. 죽지 않기 위해 죽을힘을 다해 웃습니다.

#13

방어기제. 누군가로부터 상처받기 전에 자신을 지키기 위해 하는 말과 행동. 누구는 자신의 어그러진 마음을 감추기 위해 아무렇지 않은 척, 센 척, 즐거운 척을 합니다. 때로는 사람들 앞에서 과장되게 이야기하거나, 행복한 모습을 사진으로 SNS에 남기거나, 일상에 몇 번 없을 근사하고 멋진 모습을 가져다가 사람들에게 뽐냅니다. 누구는 커다란 소리로 웃고, 누구는 호들갑을 떨며 무언가를 떨쳐내려 하거나 벗어나려 합니다. 이 모든 게 내 전문 분야이기도 합니다. 그래도 여기까지는 다행입니다.

심지어 상대에게 겁을 주거나 폭력을 행사하는 때도 있습니다. 날 때부터 성정이 포악하고 잔인한 사람이라서가 아니라, 스스로 몹시 겁이 나고 불안하여 자신을 지키기 위해, 다시는 상처 받지 않기 위해, 상대를 먼저 물어뜯거나 공격적인 언행을 일삼는 때도 있습니다. 남들을 먼저 해치고 훼손하면서 자신을 지켜냈다고 생각하는 사람들을 나는 나쁜 사람이 아니라 아픈 사람, 불쌍한 사람이라 부릅니다.

내 동생은 새벽녘에 똑똑 떨어지는 물소리와 한낮에 어디선가 들리는 청소기 소리 따위에 자신을 지키기 위해 커다란 몸으로 웁니다. 길을 가다 무례한 배달 오토바이 소리에, 차량의 경적에 매우 놀라 울고, 지나가던 자기 또래의 (비)웃음소리로부터 자신을 지키기에 바쁩니다. 흐린 날씨로부터 자신을 지키고, 어려서 자신을 따돌렸던, 기억도 희미한 같은 학급 친구들의 목소리로부터 자신을 방어하느라 늘 힘듭니다.

동생은 여기저기서, 인간들이 쉴 새 없이 일으키는 무수하고 사소한 자극들로부터 끊임없이 자신을 지키기 위해 부단히 애를 씁니다. 그러다 저녁이 되어 도저히 참을 수 없는 동생은 어김없이 울고 소리를 지르고 욕을 합니다. 때로는 탁자를 내리치고 문을 발로 차고 무언가를 부수고 던지고. 자신을 지키기 위해.

한낮에 동생이 웃고 있어도, 무심해 보여도, 무언가 즐거워 보여도 아마 끊임없이 들리는 환청 속에서 자신을 지키기 위해 많은 애를 기울이고 있을 것입니다. 동생은 이 세상을 견뎌내기 위해 얼마나 더 많이 울고, 더 외로워하고, 괴로워해야 하는 걸까요? 나는 매

그리고 세수를 아주 열심히 합니다.

일 매일 동생의 안녕을 꿈꿉니다.

'그러면 이제 어떡하냐고? 어떡하긴. 별수 있나?'

어제를 방어하고, 오늘을 방어하고, 내일을 방어하는, 세상 온 우주를 방어하고 경계하느라 잔뜩 예민해진 여동생과 나는 서먹하게 같이 걷고, 노래방에 가고, 이것저것을 사 먹습니다. 서로 못난 꼴을 보이거나 싸워도 어쩔 수 없습니다. 둘 다 백수이니 서로 어차피 갈 데도 없고 미우나 고우나 같이 곁에서 시간을 보냅니다. 방금도 둘이 아무 말 없이 당구장에 갔다가 피자 한 판을 사 들고 와서 또다시 아무 말 없이 나누어 먹었습니다.

이처럼 삶은 연속극이나 영화가 아닙니다. 극적인 반전이나 드라마틱한 전개 같은 일들은 절대 일어나지 않습니다. 일상은 끊임없이 흐릅니다. 후진 채로, 들뜬 채로, 내가 화를 내거나, 슬프거나, 발광하거나 상관없이 고요하게 흐를 뿐입니다. 나는 매일 이렇게 일상에 집니다. 동생에게도, 스스로에게도. 동생도 매일 정체불명의 환청 소리에 매번 집니다. 매일매일 별다를 일 없어 보이는 두 백수, 늙은 백수와 젊은 백수의 삶에도 천국과 지옥 같은 날들이 반복됩니다.

타향에서 힘겹게 일하다 일산으로 돌아온 동네 동생과 긴 통화를 나눴습니다. 내 동생의 안부를 물으며 괜찮냐는 질문에 구구절절 최근 동생의 이야기를 들려주었습니다. 그 친구는 얼마 전 아버지가 쓰러져 급하게 뇌수술을 받았는데, 그 이후 아버지는 아무 말도 할 수 없게 되었고, 당신의 의지와는 상관없이 기이한 비명밖에 낼 줄 모르게 되었다는 소식을 전했습니다. 아버지가 24시간 잠도 안 자고 비명을 지르는 바람에 병실 내 다른 환자들한테도 모진 소리를 들어, 간병인과 함께 밤마다 병실 복도 밖으로 쫓겨난다며, 그러면서 자신도 알아보지 못하는 아버지를 보고 무척 슬퍼하다가 내게 전화했다고 합니다.

"형도 많이 힘들었겠구나. 저는 친형하고 둘이 통화할 때마다 서로 번갈아 가며 우느라 통화가 잘 안 돼요. 하하하"

"안심하자. 어딜 가도 행복한 인간 따윈 없어. 순간순간 천국과 지옥을 바삐 오가는 인간들만 있을 뿐이야."

뭐 이런 말을 나누며 둘은 깔깔 웃었습니다. 통화하면서 절절한 내용과 상관없이 많이 웃었던 것 같습니다. 두 사람의 방어기제가 만나 웃음소리를 더 키워놓았습니다. 조만간 밥과 술을 같이 하자 이야기를 나눴습니다.

기분이 좀 나아졌습니다. 여전히 밤하늘은 새까맣고 24시간은 참으로 깁니다. 시간은 느리게 흐르고, 기쁨도, 슬픔도 모두 몇 배가 됩니다. 나도, 우리도 죽는 날까지 천국과 지옥을 바삐 오갈 뿐이니

그리고 세수를 아주 열심히 합니다.

크게 기뻐하지도, 크게 슬퍼하지도 말고 고요하게 살 수밖에. 별수 있나. 별수 없지.

'그러니 다들 안심해. 이 세상에 행복한 인간 따위는 아무도 없으니깐.'

#14

저녁 산책 중에 동생이 문득 꽃이 갖고 싶다고 했습니다. 이유는 말해주지 않습니다. 동생의 언어는 앞뒤 문장이 없어 늘 간결합니다. 그래서 오히려 거절할 수가 없습니다.

'흠. 이 시간에 꽃집이 연 데가 없을 텐데'

"지하철역 앞에 있는 다이소에 한 번 가볼까?"

매번 그렇듯 동생은 답이 없습니다. 손을 잡고 쫄래쫄래 매장으로 들어가니 점포 한가운데에 조화들이 많이 있습니다.

"이 꽃은 어때? 이거는 어때?"

동생은 내게 받은 꽃들을 다시 제자리에 두고 제법 긴 시간 동안

심혈을 기울여 고릅니다. 천원 이천 원 그렇게 다 합쳐서 칠천 원어치. 기분이 좋았는지 동생은 돌아오는 내내 콧노래를 흥얼거렸습니다. 편의점에서 작은 우유 두 개를 사 공원 나무 의자에 나란히 앉아 꿀떡꿀떡 마시고 해가 지는 방향으로 천천히 걸어왔습니다.

이 시간에는 모든 것들이 금빛입니다. 잔디도, 나무도, 육교도, 높다란 나무와 아파트, 심지어 뛰어노는 아이들과 제가끔의 모습으로 나무 의자에 앉아있는 어른들까지도.

이 시간에는 모두가 빛의 아이들입니다. 동네 사람들의 웃음소리에 이리저리 떠밀려 빙빙 돌아 집으로 돌아왔습니다. 동생은 작업대에 앉아 꽃가위를 들고 조화를 이리저리 자르더니 포장지에 감싸 매듭을 짓습니다. 한참을 뽀스락거리더니 불쑥 꽃다발을 건넵니다.

"자 여기"

"아 꽃다발이 이쁘네. 나 주는 거야? 고마워"

가벼운 발걸음으로 또다시 흥얼거리며 제 방으로 들어가는 뒷모습에서 동생이 어떤 표정을 지었을지 느껴졌습니다. 꽃은 저마다 꽃말이 있는데 내게 모든 생화의 꽃말은 이별입니다. 결국 메마르고 생이 다하니깐. 그렇게 꽃내음은 내게 늘 매웠습니다. 이게 뭐가 좋다고. 누군가 내게 꽃은 지니깐 아름다운 거라 말했던 게 기억나는데

그리고 세수를 아주 열심히 합니다.

그때마다 나는 속으로

'그래요. 당신도 얼른 져버렸으면 좋겠네요, 그게 더 아름다운 거니' 라고 말하고 싶었습니다.

만나는 순간부터 모든 꽃은 저마다의 속도로 우리와 멀어집니다. 그래, 차라리 조화가 낫지. 살아있는 인간들이 만든 이 꽃들은 죽지 않으니. 이런저런 생각하다 보니 나도 어느새 콧노래를 흥얼거리고 있었습니다.

'생각해보니 그러네. 누가 마흔두 살 아저씨에게 꽃다발을 주겠어.'

#15

가만히 있어도 땀이 줄줄 흐르는데 기어코 뙤약볕 아래에서 몇 시간을 걷고야 마는 동생 덕에 둘 다 얼굴이 많이 탔습니다. 얼마나 덥냐면 땀이 줄줄 흘러 손끝에서 뚝뚝 떨어질 정도입니다. 추운 겨울날에는 눈보라를 뚫고 장마철에는 비바람을 뚫고 걷습니다. 동생의 뒷모습을 보며 '와, 이 생명체는 얼마나 씩씩하고 의연한가.' 라는 생각을 종종 하게 됩니다.

돈이 없어도, 일을 못 해도, 책을 읽지 못해도, 글을 쓰지 않아도,

말을 하지 않아도, 친구나 아는 사람이 없어 전화기에 가족밖에 연락처가 없어도, TV나 영화를 보지 않아도, 음악을 듣지 않아도, 술을 마시지 않아도 이처럼 의연하고 단단할 수 있나. 마침 몸만 어른이 된 갓난아기처럼 살아갈 수 있나.

피를 나눈 남매는 이제 의리를 나눈 의남매가 되어 손가락을 걸고 약속했습니다. 친절하고 상냥한 어른이 되자고. 그렇게 세상에서 가장 작고 약한 모습으로 스스로 세상을 구하자고. 물론 내일 아침이 되면 오늘의 약속을 까맣게 잊고 '아이구 더워, 아이구 더워.'하고 말겠지만.

#16

잔뜩 긴장한 동생을 데리고 담당 정신과 의사를 보러 갑니다. 나와 내 동생, 그리고 의사 선생님의 관계는 고장 난 시계처럼 늘 제자리입니다. 병원 상담실은 환자에게 자극이 될 만한 요소가 전혀 없이 말끔하게 치워져 있고, 빈 곳에 의사 선생님만 멈춰진 시침처럼 늘 그 자리에 앉아 우리를 반깁니다.

"그동안 잘 지냈어요?"

'잘 지내고 있으면 병원에 안 왔을 텐데'

그리고 세수를 아주 열심히 합니다.

그저 평범한 인사말일 뿐인데, 어떤 의도와 의미인지 이미 알고 있으면서도 이걸 '네'라고 해야 할지, '아니요'라고 해야 할지 매번 고민합니다. 동생은 면접관 앞에 선 응시자처럼 떨리지만 씩씩하게 말을 이어갑니다. 요새는 무얼 했고, 기분이 어땠고, 오빠랑 무얼 하고 놀았으며, 최근 오빠가 말을 잘 안 듣는다, 혹은 무얼 잘 안 사준다는 둥 고자질 같은 말들을 떠벌립니다.

의사 선생님은 흘끗 내 눈치를 보며 나의 말을 기다립니다. 동생이 일상에서 보여주는 여러 증후가 어떤 빈도와 강도로 관찰되며, 특정 상황에서 유독 스트레스를 받고, 약의 부작용으로 어떤 증세들이 나타나는지 말해야 하는데, 이를 구구절절 당사자 앞에서 말하는 게 여간 곤혹스러운 게 아닙니다. 환부가 보이지 않는 병은 이렇게 설명하기도, 알아듣기도 쉽지 않습니다. 특히 가운데에서 듣고 있는 사람이 기분 나쁘지 않게, 오해하지 않게 의사와 보호자가 스무고개 같은 대화를 이어가려면 많은 것을 신경 쓰며 말해야 합니다.

머리가 빠른 속도로 회전하며 허공에 문장이 두 줄로 떠오릅니다. 의사 선생님에게 상황을 자세히 설명함과 동시에 동생의 심경을 헤아리며, 동생이 옆에서 들어도 속상하지 않을 어휘들로 문장이 재구성됩니다. 동생과 의사 선생님 둘 다 동시에 내 입을 쳐다본다.

"흠. 동생이 슬퍼하거나 화를 내는 빈도가 점점 낮아지고, 그 주기가 길어지고 있어요. 강도와 지속시간은 점점 낮아지고. 동생이 스스로 절제하려고 많이 노력하는 것 같아요. 가족들 사이에서 오가는 대화나 분위기, 언어도 많이 바뀌었고, 함께 좋은 시간을 보내려 많이 노력하고 있어요. 동생도, 가족도 많이 변했어요. 좋은 쪽으로. 참 그리고 요즘 특히 병원에 오기 전에 동생이 많이 긴장해서 스트레스를 받는 것 같아요."

그러자 의사 선생님이 의아하다는 듯 고개를 살짝 기울인 채 대답한다.

"네? 병원에 오는 모든 환자가 그래요."

아, 그렇지. 내가 뭘 기대하고 이런 말을 한 거였지? 바보같이. 병원에 오는 환자들이 밝고 희망찬 마음으로 올 리 없을 텐데.

밖에서 다음 진료 날짜를 예약하기 위해 병실 밖 의자에 동생과 앉습니다. 그곳에 앉아있으면 다양한 증후와 장애의 흔적이 관찰되는 사람들과 보호자들이 무표정하게 앉아있거나 서 있습니다. '저 가족은 이런 상황에 익숙해지기까지 얼마나 많은 일이 있었을까?' 라는 생각을 떠올리다가 '저 가족도 우리를 보면서 속으로 같은 생각을 하겠지' 라고 떠올리고는 생각을 이내 접습니다.

서로를 충분히 공감하고 충분히 이해할 수 있지만 그러지 않습니다. 병원에서는 서로를 바라보는 것만으로도 자학이 됩니다. 굳게

그리고 세수를 아주 열심히 합니다.

다문 입들. 사람들이 이리 많은데 아무 소리도 나지 않으니 어디선가 시침 돌아가는 소리가 들리는 것 같은 착각에 빠집니다.

그날 저녁도 어김없이 동생이랑 산책하러 나갔습니다. 일산역에서 주엽역을 가로질러 횡단보도를 건너다가 문득 하늘을 보고 멈춰 섰는데 참으로 신기한 광경이었습니다. 버스를 모는 기사도, 승객도, 택배 기사도, 배달 오토바이 젊은이도, 횡단보도를 행인들도 가던 길을 멈추고 모두 다 끝 쪽 하늘을 쳐다보았습니다.

한쪽에는 무지개가 떠 있고, 반대쪽에서는 노을이 분홍색 하늘을 가로질러 가라앉고 있었습니다. 가슴이 시리도록 장엄한 풍경이었습니다. 도심의 노을은 사람들이 만들어 낸 먼지들과 자동차의 매연으로 만들어진다던데. 매일매일 나와 동생이 만들어 내는 부족한 흔적들과 미숙함, 상처들 역시 이처럼 아름답게 보일 날이 언제야 올까 생각이 들었습니다.

'그래도 결국 이처럼 멋진 하늘을 보고야 말다니. 오늘도 하루도 어찌어찌 잘 살았네. 내일도 어찌어찌 잘 살아야 할 텐데' 라고 읊조리면서.

#17

경축 1주년. 드디어 동생과 아침저녁 매일 걸은 지 1년이 되었습니다. 눈이 오나 비가 오나 날이 뜨거우나 매일 함께 걸었습니다. 딱히 거창하고 그럴듯한 계획은 없었습니다. 코로나로 동생이 오고 가는 센터나 시설들이 문을 닫았거나 프로그램이 멈췄는데, 삶도 문을 걸어 잠그거나 멈추지는 않으니 몸뚱이가 하나밖에 없는 오라비가 동생에게 해줄 수 있는 게 많지 않았습니다. 그래서 같이 걷고 또 걸었습니다.

그렇게 주야장천 걸었으니 무엇이 달라졌을까. 부지런히 1년을 걸었지만, 더욱 잘 걷게 되거나 주변을 더 잘 살피면서 걷게 된다거나, 뭔가 새로운 능력이 생긴다거나 급격하게 나와 동생의 일상이 좋아지지는 않았습니다.

일상은 역시나 굉장히 더디고 덤덤합니다. 동네에서 공유자전거를 만 km를 탔어도, 인문학과 글쓰기를 공부한 지 6년이 되어도, 살가운 동네 친구들과 어울리며 이런저런 일들을 한 지 7년이 되어도, 나는 여전히 돈이 없고, 혼란함과 불안감으로 하루하루를 살아가고 있을 뿐이었습니다.

살면서 하고 싶어서 무언가를 해본 기억은 별로 없습니다. 해야만 하니 했지. 나는 게으르고 느리고 불성실한 사람인데, 정체성을 훼

그리고 세수를 아주 열심히 합니다.

손하는 짓거리를 끊임없이 해대니 어느 순간 '이러다 정말 부지런하고 성실한 인간이 되어버리면 어쩌지?' 라는 불안감을 추가한 채, 오늘도 끊임없이 성실하게 무언가를 하며 스스로 속이며 살고 있습니다.

억겁이라는 표현을 쓸 때 '겁'이라는 글자가 있습니다. 사방 사십 리(약 16㎞)의 커다란 돌덩이를 백 년에 한 번씩 옷자락으로 스쳐 완전히 닳아 없어지는 시간을 '겁'이라 부른다고 합니다. 백 년에 한 번씩 옷자락을 스쳐 거대한 바위산을 깎아내는 시간.

나는 이 단어를 보며 그 무구한 시간이 아니라 그 노력의 총량을 상상합니다. 그리고 생각합니다. '누군지 몰라도 엄청나게 고생이네. 차라리 내가 좀 더 낫네.' 한 가지 다행인 점은 1년을 이렇게 걸었으니. 이렇게까지 나도 동생도 노력해봤으니. 다음에 무슨 일을 하려고 마음먹으면 자연스럽게 '한 1년은 계속해봐야지'라고 생각하게 되었다는 것입니다.

겁까지는 아니어도 '1년' 동안 들어가는 수고와 노력이 어느 정도 크기인지는 잘 알게 되었습니다. 마흔 살이 넘어서 비로소 1년이라는 시간의 크기를 가늠할 수 있게 되었다니. 허허허.

여러분. 다음 1년도 또 수고해봅시다.

#18

사랑한다고 말했더니 동생은 '고마워'라고 말했습니다. 그래서 나
도 '고마워'라고 말했습니다. 신기했습니다. 이런 말과 마음은 어
디에서 배우는 걸까? 친구도 없고 TV도 책도 안 보는 녀석이. 매일
함께 걷던 호수한테 배웠나?

#19

동생의 시선으로 살아가는 일. 동생과 같은 것을 먹고, 같은 곳을
걷고, 같은 것을 봅니다.

그동안 이루었던 공부나 성취를 지우고 최대한 동생과 같은 시간
과 조건에서 생활하려고 애를 씁니다. 나는 이러한 행위들이 부처의
화광동진(자기의 지혜와 덕을 숨기고 세상 사람들과 어울리는 일)이
나 예수의 변용(becoming; 서로의 상황과 처지가 되기, 사랑)이라
고 동네 글선생님한테 배웠습니다. 나는 배운 것을 비슷하게 흉내라
도 내려는, 이 어설픈 시도들로 매번 나를 채우려 노력합니다.

부처나 예수가 자신의 빛과 성취를 가리고 속세의 사람들, 특히 아
프고 고통받는 약자들 곁에 함께한 이유는 그들의 공부와 성취가 부
족해서가 아니라 자신들의 삶을 약자로 끌어내려 직접 사람들 곁에

그리고 세수를 아주 열심히 합니다.

93

서 말 대신 삶으로 보여주기 위함이었다고 나는 이해하고 있습니다. 나는 이걸 화광동진과 변용으로 이해하고 있습니다. '나는 부처나 예수처럼 훌륭한 사람이 못 되는 소인이니 적어도 동생 하나 정도는 얼추 비슷하게 맞춰서 살아갈 수 있지 않을까?' 마음을 먹게 됩니다.

내가 소속을 갖지 않으려 기를 쓰고 많은 돈을 벌지 않고 백수로 살아가려 함은 나의 재능과 능력을 자랑하고자 함이 아니라 사실은 이렇게 살아도 살아갈 수 있다는 걸 동생에게 보여주고 싶어서였던 것 같습니다. 인생의 긴 시간을 어쩌면 직업 없이, 명예 없이, 돈 없이 살아가야 할지 모르는 동생에게 여러 곤란한 상황에도 제법 즐겁게 자족하며 살아갈 수 있다는 걸 전하고 싶어서였을지도 모릅니다.

나 역시 한 번도 그리 살아본 적이 없었고 누구한테 배운 적이 없는 걸 삶으로, 몸으로 증명하려니 여간 곤란하고 어려운 게 아닙니다. 사람들의 뒤틀린 시선과 걱정, 조롱과 연민을 견디며, 시시각각 찾아오는 불안과 걱정에 맞서거나 때로는 친구처럼 대하며 오늘 역시 흘려보내고 있습니다.

나는 요즘 동생의 시선을 통해 세상을 다시 보고 있습니다. 동생이 여성으로, 정신질환자로, 장애인으로 살아가고 있는 차갑고 무관심한 이 사회를 나는 이를 바득바득 갈며 뜨거운 눈으로 직시하고 있습니다. 매일 왜 이리 웃고 있느냐, 매일 왜 그리 사람이 좋으냐, 왜

화를 내지 않느냐는 소릴 듣고 있지만 사람들은 나의 분노를 알지 못합니다.

나는 해방을 원합니다. 나의 세상에서 큰 부분을 차지하고 있는 동생의 해방을 갈구합니다. 나에게는 동생의 해방이 나의 해방이자 이 사회의 해방입니다. 권력이나 직함, 명예나 돈, 아파트 집, 차, 섹스 따위가 아니라 나는 해방을 원합니다.

#20

동생과 몇 년 동안 걸으면서 알게 된 것.

걷는다는 것은 찰나에 몸의 중심을 잃어버리고 찰나에 그 중심을 되찾는 과정입니다.
이 행위가 반복되어야 몸이 앞으로 나아갈 수 있습니다. 점점 나아진다는 것은, 점점 더 나아간다는 것은 끊임없이 중심을 잃고, 깨어지고, 상처받고, 혼란스러워진다는 말이며 동시에 잃어버린 많은 것들을 회복하고 그 안에서 질서를 되찾는 일들이 반복되는 것일지도 모릅니다.

상처와 회복이 반복되고, 죽음과 탄생이 반복되며 소중한 것을 잊어버리는 일들과 소중한 것을 다시 소중하게 여기는 일들이 끊임없

그리고 세수를 아주 열심히 합니다.

이 반복되며 점점 앞으로 나아갑니다. 오늘도 몸이 넘어지려 할 때 한 발을 더 내디뎌 발가락에 힘을 주고 지면을 밉니다. 그리고 그 힘으로 이 커다란 지구를 돌립니다. 넘어지는 일 대신.

지구를 돌려 햇볕이 닿아야 할 곳에는 빛이 들게 하며 눅눅한 곳들을 말리고 식물들이 자라나게 합니다. 안락과 휴식이 필요한 곳에는 별빛이 그리고 달빛이 들게 합니다. 어제의 사람들에게는 오늘을 선물하고 오늘을 살아가는 사람들에게는 내일이 찾아오게 합니다.

지구를 굴려 구름과 바람이, 비가 있어야 할 곳으로 보냅니다. 사람들에게는 저마다의 하루를 만들어줍니다. 그렇게 찾아온 하루는 모두에게 인사를 건넵니다. "안녕하세요."

#21

가끔 사람들에게 그런 말을 듣습니다. 무슨 생각을 하는지 잘 모르겠다고. 오랫동안 함께 옆에서 걸어온 동생도 종종 내게 물어봅니다.

"무슨 생각해?"

딱히 별 건 없습니다. 내 가족과 친구들, 이웃들이 영육으로 건강했으면 좋겠다 뭐 그런 생각을 자주 합니다. 그거면 족합니다. 다른 건 원해본 적이 딱히 없습니다. 글을 더 잘 써야겠다. 그림을 더 잘 그리고 싶다거나 돈을 많이 벌겠다. 유명해지겠다. 더 크고 많은 권력과 힘을 쥐고 싶다거나, 지금보다 더 정의롭다거나 그런 생각은 안 해봤습니다. 그래도 굳이 바람을 찾는다면 지금보다 조금 더 용기 있고 상냥한 사람이 되었으면 좋겠다고 몇 번 생각해봤습니다.

#22

오늘도 여동생이 거실에서 느닷없이 엉엉 울고 있습니다. 전심전력으로 웁니다. 처음에는 옆에 있는 가족들 역시 이 울음소리에 혼비백산했으나 이제는 그냥 혼이 다 빠집니다. 층간소음 문제는 없냐고요? 감히 아무도 우리 집에 항의하러 올 생각을 못 합니다. 아무도 이 슬픔과 괴로움에 잠시라도 동참할 엄두도 못 냅니다. 그래서 더 미안합니다. 오히려 시끄럽다고 무슨 일 있냐고 누구라도 한마디 해줬으면 마음이라도 편했을 텐데. 그런 이웃들의 성난 목소리와 불쾌한 표정도 우리 가족에게는 사치입니다.

지금까지 살아오면서 누군가를 단 한 번도 도와보거나 보살펴 본 적이 없는 아버지가 거실에서 서툴게 동생을 달래고 있었습니다. 아버지가 동생을 달래는 그 어설픈 시도와 모습을 보는 것만으로도 속에서 천불이 납니다.

그리고 세수를 아주 열심히 합니다.

97

'아니 그 나이가 될 때까지 사람 달래는 법 하나 모르면서 도대체 인생을 어찌 산 거야? 온갖 똑똑한 척은 다 하며 엄마와 어린 나에게는 그렇게 모진 소리를 쏟아 놓았으면서. 정작 중요한 순간에 할 줄 아는 건 하나도 없잖아.'

나는 가장이라는 단어를 어려서부터 좋아하지 않았습니다. 나에게 가장은 '가장 후지다'의 줄임말 같았습니다. 잘 모르겠습니다. 모든 게 다 밉고 원망스럽습니다. 이때만큼은 모든 게 다 아버지 탓 같습니다. 내가 동생을 달랠 때 아마 아버지도, 어머니도 나와 똑같은 생각을 했을까요?

와중에 엄마는 집안일을, 나는 안방에서 노트북으로 일 때문에 사람들과 연락하고 있었습니다. 누군가에게는 평범한 집안의 소소한 일이, 뻔한 업무들이 도저히 진행될 수 없는 상황에서도 꾸역꾸역 돌아갑니다.

생활 혹은 생계는 제법 지독한 면모가 있습니다. 인간은 당장 내일 죽어도 오늘은 화장실도 가야 하고, 밥도 먹고, 잠도 자야 합니다. 당장 세상이 지옥이 되더라도 어쩔 수 없이 말이죠. 아무것도 아닌 일들이 삶을 더 비참하고 괴롭게 만듭니다. 오늘도 나의 생계가, 나의 신체가 나의 정신을 조롱합니다. 비참하지만 안타깝게도 슬플 새가 없습니다. 괴로워할 새도 없습니다. 정신을 다시 차립니다. 허우적거리며 볼품없이 수면으로 다시 올라옵니다.

흘끗 보니 베란다에 빨래를 거는 무표정한 엄마의 얼굴에도 눈물이 걸려있습니다. 그래도 어쩔 수 없습니다. 나와 엄마는 부랴부랴 저마다 일을 마치고 동생에게 가 부둥켜안습니다. 마치 작전회의를 하는 스포츠팀처럼. 나는 불과 1시간 전만 해도 아빠랑 말다툼하고 있었는데. 내 어머니는 아버지와 40년 넘게 한집에서 척지고 살았는데. 이처럼 동생의 울음소리는 우리 집의 모든 갈등과 분노를 정지 상태로 만듭니다. 가족 내에 팽배했던 모든 애환과 억울함이 이 순간만큼은 무력해집니다. 더 큰 슬픔이 다른 슬픔을, 더 큰 억울함이 다른 억울함을 덮습니다.

아버지가 그랬는지, 엄마가 그랬는지, 아니면 내가 그랬는지 경황이 없어 기억이 잘 나지 않습니다만 동생을 향한 '사랑한다'라는 말이 나지막하게 들렸습니다. 한참을 그렇게 서로를 부둥켜안고 나서야 산사태 같은 울음소리가 이제는 폭포처럼, 어느 순간에는 소나기처럼 잦아듭니다.

누가 이런 우리 가족의 모습을 사진으로 찍어놓으면 참말로 애틋한 가족의 모습처럼 보였을 겁니다. 그래서 우리 가족은 정말 서로를 사랑하게 되었을까요? 끝없이 서로에게 상처가 되고 끝없이 서로를 힘들게 했던 가족이라는 이름의 사람들은 정말 서로를 사랑할 수 있게 될까요?

거참 너무 어렵습니다. 사랑.

그리고 세수를 아주 열심히 합니다.

99

어머니는 아침 일찍 김밥을 싸주시고 마트 아르바이트를 나가셨습니다. 그냥 사서 먹어도 되는데. 호수 근처 한적한 곳에 동생과 자리를 잡고 김밥 한 개를 목으로 넘겼습니다. 아름다운 풍경에 바람도 솔솔 불고 무척 기분이 좋았는데 일순 행복하다는 생각이 아주 잠깐 스쳤습니다.

그러다 갑자기 왜 그런 생각이 들었는지 모르겠는데 그간의 수많은 질곡과 어려웠던 순간들이 동생과 호수를 바라보며 이 김밥 한 줄을 먹기 위해서였나 라는 생각에 이르렀습니다. 잠깐의 해방을 위해서라면 논리도, 맥락도, 인과도, 서사도 잠시 접어둡니다. '이 시간과 이 장소에서 엄마가 싸 준 김밥 한 줄을 먹기 위해 42년 나경호의 삶이 요란한 소리를 내며 톱니바퀴처럼 굴러왔나' 라고 생각하니 힘들었던 기억들과 슬픔이 김밥의 크기보다도 더 작게 느껴졌습니다.

'아! 그때의 슬픔과 충격은 이 단무지만 하겠구나, 아! 그때의 아픔은 이 시금치 같은 색깔이었지, 그때의 박탈감과 억울함은 이 우엉과 비슷한 맛이었을 거야.'

천문학자 칼 세이건은 멀리서 바라본 창백한 푸른 점 '지구'를 보며, 저 작은 점 안에서 수많은 역사의 인류가 서로를 사랑하고 서로를 증오하는 상상을 했더라면, 소인배에 불과한 나경호는 김밥의 단면을 보며 개인의 삶을 아주 일순 돌아볼 뿐입니다. 김밥을 다 먹고 옆에서 코를 훌쩍거리는 무념무상의 동생을 쳐다봅니다. '어쩌면 내가 죽어라 공부하고 사람들과의 관계에서 배우고 더 성찰하게 된다면, 동생이 보는 지경과 풍경을, 그때야 간신히 함께 볼 수 있지 않을까?' 라는 생각까지 이르렀습니다.

인간이 진실로 사랑을 이해했을 때 까치발을 세워 간신히 신의 발바닥에 손을 가져다 댈 수 있다는 말을 좋아합니다. 꼴랑 김밥 한 줄을 먹으면서 신까지 언급해대는 걸 보니 저는 여전히 참으로 변변치 못합니다. 그래도 즐거웠습니다. 오늘 하루는 소풍 같았으니까요.

#24

동생은 새로운 곳에 가는 걸 무척 힘들어합니다. 그래서 어딘가로 처음 데려가는 일이 쉽지 않습니다. 막상 가기로 마음먹으면 약속 시간에 늦는 건 또 무척 싫어합니다. 오늘은 1시에 시청 옆에 있는 정신건강복지센터에 미술 수업을 받는 날인데 시간 계산이 정확하지 않은 동생은 10시에 집을 나섭니다.

"어? 너무 일찍 가는 것 같아. 아직 시간이 많이 남았어."

그리고 세수를 아주 열심히 합니다.

"아니야. 내가 알아서 할게. 오빠는 신경 쓰지 마."하고 문을 닫고 나갑니다.

어이쿠. 마침 이래저래 작업을 하는 나는 키보드를 타타닥 치면서 머리를 굴립니다. '신경을 쓰지 말라니, 어떻게 안 쓸 수가 있나.' 얼마 전 술을 잔뜩 마시고 아침에 뒤척이며 일어나는데 거실에서 엄마가 동생에게 하는 말이 떠올랐습니다.

"오빠가 혼자 시간을 보낼 수 있도록 해줘야, 오빠도 남은 생을 준비하고 더 잘 살아갈 수 있어. 그러니 이제부터는 힘들더라도 인선이 역시 홀로 시간을 보낼 줄 알아야 해."

그러더니 며칠 후 동생은 그렇게 가기 싫어했던 각종 학원이나 센터 등을 가겠다며 스케줄을 잡기 시작했습니다. 하기 힘든 말을 자식에게 해야 했던 엄마나 그걸 따라주는 동생을 보니 둘 다 무언가 더 단단해지고 커진 것 같았다.

타다닥 타다닥. 눈과 손은 글들을 마구 만들어 내면서 머릿속으로는 어떤 것이 동생에게 가장 좋은 일인지, 나는 지금 어떻게 말하고 행동해야 할지 계속 따지고 계산합니다. 타다닥 타다닥. 지금 일을 끝내놓아야 새벽에 일을 안 해도 되는데…. 하아. 필시 일찍 도착하게 될 동생은 긴 시간을 아무도 없는 곳에서 멀뚱멀뚱 기다려야 할 것입니다. '혼자 가서 몸으로 겪고 다음번에는 좀 더 늦게 출발해야겠다는 걸 스스로 알게 해줘야 하는 걸까? 아니면 지금이라도 나가 집으로 데리고 와서 이따 출발하게 해야 할까? 혹시 길을 잃어버릴 수도 있으니 지금이라도 같이 따라 나가야 하나? 길을 익히도록 혼자 다니게 놔두어야 하나? 끝에 다다르면 결국 어떤 게 동생에게 가장 좋은 일 일까?' 라는 생각만 남습니다.

타다닥. 탁. 휴우···. 노트북을 접습니다. 일은 이따 새벽에 해도 나는 조금 피곤할 뿐 어차피 죽지는 않으니. 동생에게 시간이 어떻고 저렇고 이야기는 하지 말자. 어차피 외로운 사람들끼리 모여 더 이상 외롭게 살지 말자고 가족이라는 이름으로 살고 있는데 홀로 두지는 말아야지. 동생은 긴긴 시간 홀로 외롭게 살았고, 또 아버지와 어머니, 내가 죽고 나면 얼마나 긴 시간을 또 홀로 외롭게 살아야 할지 모르는데, 살아있는 동안만이라도 서로 곁을 지켜줘야지.

그냥 아무 말 없이 동생 곁에서 두어 시간 같이 기다리자. 이런 결론을 내고 옷을 후다닥 걸쳐 입고 버스정류장으로 뛰어갑니다. 벌써 출발했을까? 차 하나, 사람 하나, 지나다니지 않는 외딴 정류장에 익숙한 얼굴이 초점 없는 눈으로 앉아있습니다. 누가 보았으면 쓸쓸한 광경이었을 텐데, 나는 반가운 마음에 피식 웃음부터 나왔다. 바로 옆에 앉을 때까지 둔한 동생은 내가 온 줄도 몰랐습니다.

"나왔어"

그리고 세수를 아주 열심히 합니다.

동생은 고개를 돌려 나를 보고 고개를 갸웃하더니 이내 씨익 웃습니다.

#25

'호수공원에 사는 주민들'

아침 9시가 되면 이곳의 주민들이 속속 나타납니다. 여기 호수의 주민들은 각종 질병과 증후가 엿보입니다. 다리를 절거나, 휠체어를 밀거나 혹은 끌거나. 파킨슨병의 서동증처럼 달팽이보다 조금 더 느린 속도로 걷는 사람들도 있습니다. 오페라인지 뮤지컬인지 알 수 없는 노래를 신나게 부르며 남이 보든 말든 온몸을 흔드는 여성분부터,

"나에게 남은 가족이라고는 이 강아지 한 마리뿐인데, 이 녀석 때문에 마음 편하게 죽지도 못하고, 좀 더 오래 살려고 운동을 해야 한다니 어휴"

하며 주저앉은 채 혼잣말로 짜증을 내는 할머니도 있습니다. 주름이 가득하고 매사에 의욕이 없어 보이는 커다란 강아지가 목줄로 웬 할아버지를 끌고 다니기도 하는데, 오전에는 강아지 산책이 아니라 강아지들이 이끄는 인간 산책이 주류가 됩니다.

나와 동생처럼 손을 붙잡고 다니는 부자지간과 모녀지간도 많습니다. 연신 땀을 닦아주고 말을 거는 보호자들과 지나가는 사람들을 연신 경계하며 발걸음을 화급히 멈추거나 얼굴을 가리는 자녀들까지. 이 친구들은 입에 넣어주어도 마실 것을 쏟고, 연신 알아듣지 못하는 말들로 짜증을 부립니다. 그러면 부모의 탄식이 길 위 풀들에 시원한 바람이 되기도 합니다.

우리는 서로의 이름을 알지 못하지만 해마다 보니 서로의 얼굴을 알아봅니다. 처음에는 서로의 얼굴을 쳐다보는 것만으로도 자학이 되었지만, 이제는 어느덧 반가움과 기쁨이 됩니다. 그러다 어느 날 매번 마주치는 사람들이 보이지 않으면 걱정이 되기도, 그 사정이 궁금해지기도 합니다. 이렇게 서로에게 살뜰하고 애틋한 주민이 있을까요?

봄이면 이 커다란 화원에 부지런히 꽃을 심는 일용직 선생님들부터 곳곳에 웃자란 풀들을 예초기로 돌리거나, 가을이면 언제 끝날지 알 수 없는 수많은 낙엽을 쓸거나 긁어내는 공원 직원들도 있습니다. 이분들은 볼 때마다 계절에 상관없이 땀을 쏟는데 저는 이 모습이 무척 경외스럽습니다. 아니, 이 수많은 풀을 언제 예초기로 밀고, 이 수많은 낙엽을 언제 다 쓸어내는 걸까요? 이분들은 끝없이 무거운 바위를 산 정상까지 밀어 올리는 시시포스의 후예라도 되는 걸까요?

이처럼 호수에는 마을이나 주민이라는 말이 붙지 않았지만 수많은

그리고 세수를 아주 열심히 합니다.

사람이 이 안에서 어제도, 오늘도, 내일도 살아가고 있습니다. 실체는 없지만 환상은 가득한 이곳. 저는 이곳이 네버랜드 같습니다. 이곳은 우리들의 고통과 기쁨이 영원히 끝나지 않는 마을입니다.

#26

급작스럽게 생긴 엄니의 아르바이트 때문에 추석 전까지 동생과 온종일 같이 있어야 해서 일 말고는 웬만한 약속이 와르르 취소되었습니다. 엄마와 나 단둘이서 동생을 번갈아 가며 보살펴야 하는 상황에서 나 역시 불만이 없을 수 없습니다. 하지만 엄마 역시 스스로 돈을 벌고 이 사회에 소속감을 느끼고 살아야 하니깐. 그래야 엄마도 불안을 조금이라도 줄이고 당당하게 이 세상의 구성원으로 살아갈 수 있으니깐.

그게 새파랗게 젊은 정규직 직원들의 눈치를 봐야 하는 나이 든 마트의 비정규직이나 일용직 직원이라도 엄마에게는 그 단출한 일자리가 세상과 소통하는 유일한 방식이니 자식의 입장으로 엄마의 삶의 방식을 응원하고 지지할 수밖에 없습니다.

덕분에 독박육아도 아니고 독박돌봄도 아닌 무언가 애매한 상황에 일주일째 빠져 있는데 딱히 읍소를 할 때가 없습니다. 이런 일로 약속이 취소되면 여성분들은 '아이고 그렇구나!' 하는데, 남성들은 전부 '그게 뭐? 그게 왜?' 라는 표정을 짓거나 정확히 이해할 순 없지만 '지금 이해하는 척하는 것이 당장은 나이스해 보이겠지.' 라는 표정을 지으며 수긍하는 척을 합니다. 어휴 표정이라도 좀 숨기거나 티를 안 냈으면 하는데, 나는 이게 남녀의 차이라기보다는 경험의 차이인 듯합니다.

누군가를 돌보거나 애틋하게 마음을 써 본 경험이 있느냐 없느냐의 차이. 중3 때 태어난 동생 덕에 아기를 어찌 안고, 기저귀는 어떻게 갈고, 분유는 어떻게 먹이고, 아이는 어찌 달래는지를 일찍 조기 교육한 경험은 당시 나의 사춘기를 산후우울증 같은 것으로 치환해버렸지만 인간을 대하는 태도 중 하나를 자각하게 되었습니다. 돌봄, 마음 씀씀이 같은 것을 말입니다.

이런 기억과 경험 때문일까요? 상대에게서 비치는 다양한 정보와 태도 속에서 내가 가장 먼저 찾는 흔적은 누군가를 돌보거나 배려해 본 경험이 있느냐입니다. 하다못해 반려동물이나 작물이라도 키워 본 사람들과 아닌 사람들의 세상을 바라보는 시선과 관점은 천지 차이입니다.

다른 사람을 돌봐본 적이 있는가?

책을 읽고, 사유하고, 상상하여 내 안에서 바깥으로 뻗어나가는 배움이나 지식이 있는가 하면, 비타민처럼 자체적으로 생성해내지 못하고 타인을 통해 밖에서 안으로 들여야지만 얻을 수 있는 배움과 지식이 있습니다. 특히 돌봄의 영역이 그렇습니다. 돌봄을 착하다, 선하다의 영역으로 구분 짓는 것은 못난 놈들의 못된 심보일 뿐입니다. 언제인가 한 번 이런 말을 한 적이 있습니다. 공감과 돌봄은 지능순(?)이라고. 동시에 다른 사람에게 공감하거나 잘 돌봐본 경험은 곧 스스로 돌보고 삶을 잘 이어 나갈 수 있는지를 가늠하는 좋은 지표가 된다고.

돌봄은 삶을 살아가는 주요한 방식 중 하나를 알고 있거나 이 세상이 돌아가는 주요한 방식 중 하나를 이해하고 있는지의 차이입니다. 그것은 나에게 도래할 수많은 선택의 순간에 내가 어떤 인간이 될지를 결정하게 만듭니다. 그래서 나는 돌봄을 가장 중요한 어른의 증후로 이해하고 있습니다.

#27

동생과 걷습니다. 또 걷습니다. 어제에도, 어제의 어제에도.

일이란 건 넘칠 때도 모자랄 때도 있지만 삶은 그렇지 않습니다. 멈추질 않습니다. 해야 할 일을 해야 합니다. 부끄러워도 목구멍에 밥을 넘겨야 하고, 천불이 나도 화장실에 다녀와야 합니다. 온갖 불의와 비겁함을 앞에 두고 잠을 청해야 하며, 숨 막히는 슬픔 속에서도 몸을 씻고 속옷을 갈아입어야 합니다. 나의 처지와 상황에 상관없이 아이에게는 밥을 먹여야 하고 기저귀를 갈아줘야 합니다. 나의 억울함과 곤궁함을 떠나 자신을 돌보고 가족과 친구, 이웃들에게 상냥하고 친절하게 대하기 위해 애를 쓰는 것도 이와 같은 행위입니다. 숨을 쉬고, 밥을 먹고, 볼일을 보고, 잠을 자는 것처럼 멈추지 않는 내 삶을 살아내기 위해 나는 매일 최소한의 것들을 성실하게 수행합니다.

그럴만한 짓거리를 해댑니다. 일이 없어도, 부끄러워도, 혼란하고 슬퍼도, 비겁하고 용기가 없어도 그럴만한 짓거리를 끊임없이 해댑니다. 결국 되지 못해도 될 만한 짓거리를, 살기 쉽지 않아도 살만한 짓거리를 끊임없이 해댑니다. 이리 말하고 보니 삶이 별수가 없습니다. 별것 없습니다. 어느 날은 살아가지만, 어느 날은 별수 없이 살아지는 날도 있습니다.

오늘도 아픈 동생과 걷습니다. 아닙니다. 동생과 함께 걸어집니다. 어제도, 어제의 어제에도. 묵묵히 걸어지는 그런 날도 있습니다. 별수 없는, 별것 없는 날도 있습니다. 그러다 보니 한 살 한 살 먹어가면서 무언가를 좋아하는 일이 점점 어려워집니다. 무언가를 꾸준히 오래 하는 것도 쉽지 않아졌습니다. 내가 좋아하는 것들이 이제 내 주변에 얼마나 남았는지, 오랫동안 해왔던 것들이 무엇이 남았는지 다시 한번 돌아보게 됩니다. 이런 날에는 후회와 감사함이, 또 어느 날에는 기쁨과 슬픔이 조용히 찾아옵니다.

그리고 세수를 아주 열심히 합니다.

이제는 무언가를 좋아서 한다기보다는, 하다 보니 좋아졌다는 말이 더 어울리게 되는 것 같습니다. 함께 보낸 이 짧다면 짧고 길다면 긴 시간을 거쳐 동생은 이전보다 더 많이 웃게 되었고 더 적게 슬퍼하게 되었는데 이러면 되는 걸까요? 나는 여전히 잘 모르겠습니다. 동생과 함께 보내는 이 시간은 과연 어떻게 끝이 날까요? 이 시간이 3년이 되고, 10년이 되고, 20년이 된다면 나는, 그리고 동생은 어떻게 바뀌어 있을까요? 정말 궁금했는데 오죽 물어볼 데가 없어 동생에게 물어본 적이 있습니다.

"이렇게 매일 호수를 걷게 되면 나중에 우린 뭐가 되어 있을까?"

그때 동생이 내게 했던 말이 아직도 잊히지 않습니다.

"그저 호수를 많이 걸은 사람이 되겠지"

지금도 이 이야기를 떠올리면 피식 웃음이 나옵니다. 그래. 그 나이가 되어서도 딱히 달라지는 게 없다면, 어쩌면 그것도 축복일 수 있겠네. 지금처럼 매일매일 아무 생각 없이 눈과 심상에 호수를 담을 테니. 먼 훗날 아니 언제일지 모르겠지만 눈을 감을 때가 오면, 온갖 슬픔과 고단함보다도 머릿속에는 호수가 더 선명히 남아 있을 테니 그것도 나쁘지 않은 죽음이겠지. 고요한 호수 위에 동생과 손을 잡고 걸었던 살가운 기억이 제일 많이 있는 삶이라니 그것도 나쁘지 않은 삶이겠지.

찾았다! 약방할매

이해정

제 7회 경기히든작가 수필 부문

찾았다! 약방할매

이해정

소설 〈약방 할매〉에는 삶에 지쳐 진이 쏙 빠진 어머니가 나온다. 남편이 상시 부재중이어서 고만고만 어린 6남매를 혼자 키우는 이 어머니는 고단함에 한계가 올 때마다 '약방 할매'를 찾아갔다. '약 방 할매'의 약이 신통했는지 덜 고단해 보였다. 나도 기력이 변변찮 은 '어머니'이다. 이십여 년 돌봄 경력을 가졌고 가족은 나를 그 영 역의 전문가로 생각하는 것 같다. 찾아갈 '약방 할매'가 절실하다.

이제 슬쩍 내려놓고 싶지만, 바람과 다르게 이즈음엔 돌봄 영역이 폭발적으로 확장된다. 아이들이 성장해 손이 덜 가고 오히려 내 돌 봄을 살짝 부담스러워할 즈음부터 부모님이 아프기 시작한다. 친정 어머니의 위암 판정이 그랬다. 세상에서 가장 큰 사랑을 나에게 준 어머니. 그녀를 돌보는 것은 마음 아픈 노동이었다. 주된 돌봄은 어 머니 곁에 사는 언니의 헌신이었고, 나는 한 달에 열흘 정도 어머니 곁에 있었다. 새벽 기차를 타고 4시간 정도 걸려 도착한 곳에는 평생 가족을 돌보느라 지친 어머니가 아픈 얼굴로 나를 기다렸다.

아버지는 15년 전에 마지막 인사도 없이 우리 곁을 떠나셨다. 갑작스러운 아버지의 죽음은 성격대로 화끈했다. 누구도 아버지 죽음을 생각하지 못하게 반짝반짝 빛나는 얼굴로 떠나셨다. 평소 자기 관리를 잘하셨고, 술과 담배를 놓은 지도 20년이 넘었기 때문에 예순다섯은 너무 짧았다. 아버지 자신도 염두에 없는 죽음이지 않았을까.

소식을 받고 놀란 마음으로 차를 몰았다. 다급한 내 마음만큼 시간은 느릿느릿 늑장을 부렸다. 5시간이 넘는 거리를 울다 졸다 운전하면서 가슴을 쓸어내리는 순간을 서너 번 반복하고 장례식장에 도착했다. 아버지가 돌아가셔도 졸음은 쏟아지고 끼니때는 배가 고팠다. 아버지가 세상과 이별한 날도 다음날도, 다음다음 날도 나무 한 그루 뽑히지 않았다. 초상은 울면서 웃을 수 있고, 웃다가도 갑작스레 우는 일이었다. 사흘 동안 아버지를 아는 사람들이 찾아와 각자의 방식으로 울음과 웃음을 쏟아냈다. 아버지는 사람이 죽은 후 일어나는 산 사람들의 일을 장례식으로 가르쳐주셨다. 나는 아버지가 삶을 떠난 고통을 생각하며 날마다 온몸이 젖었다.

아버지는 세상 물정을 몰랐다기보다 알고 싶지 않은 사람이었다. 직장엘 들어가도 얼마를 견디지 못했고, 월급날은 언제나 취했다고 했다. 술이 거나해지면 씀씀이가 헤픈 아버지 덕분에 온 동네 아이들이 과자로 잔치를 벌였고, 아버지는 그 맛에 인생을 살았다. 대물

림된 재산은 당장에 끼니가 되지 않아 어머니는 늘 부업을 했다. 철 없는 맏이와 철든 막내가 부부로 사는 집은 뜨거울 때와 차가울 때 를 오가며 아이들의 애를 태웠다. 그날 집의 온도를 생각하느라 어 린 나는 늘 조마조마했던 것 같다.

어느 날, 땅거미가 저녁을 몰 듯 사람들이 우리 집 마당으로 모여 들었다. 사람들은 잔치에 온 것처럼 상기돼 있었다. 서두는 걸음으 로 들썩이는 엉덩이, 들뜬 속내를 감추지 못해 번지는 웃음의 기색 이 열기를 부추겼다. 소란의 원인은 아버지의 바람기였지만 주인공 은 어머니였다. 동네 여자들은 어머니 곁에 죽 늘어섰다. 어머니는 아버지와 바람난 여자의 머리채를 낚아채 옴팡지게 틀어잡고 마당 을 휘청휘청 돌았다. 동네에서 제일 큰 마당이 있는 집 안주인은 기 세등등했다. 동네 여자들은 덩달아 어머니 주위를 휘감고 돌았다. 말리는 것인지 부추기는 것인지 그냥 즐기는 것인지 알 수 없었다. 춤을 추는 것 같았다.

아홉 살의 나는 눈을 뗄 수 없었다. 펼쳐진 광경을 놓치지 않으려 고 집중했다. 그때 어머니와 눈이 마주쳤다. 상상이었을까. 나를 본 어머니가 '씨익' 웃었다. 어머니의 목에는 상처가 길게 패여 피가 났다. 나는 그 상처를 걱정하기보다 용감한 어머니에게 감탄했다. 어머니의 몸부림엔 카타르시스가 있었다. 오랫동안 그 소란이 나에 게 각인된 건 어머니의 미소 때문이었다. 악당과 싸워 세상을 구하 고 마지막에 짓는 원더우먼의 미소 같았다. 어머니의 많은 부분이 나에게 스몄지만, 그중에 용감함을 가장 능동적으로 받아들였다.

어린 나는 그날을 겪으며 그들의 세상이 무척 불안하다는 것을 눈치챘다. 어른도 세상이 무섭고, 자신을 지지하고 지켜주는 누군가를 갈망하고, 병을 얻어 세상과 격리될까 두렵고, 그런 마음을 감추려 한다는 것을 알았다. 어른은 덩치가 큰 아이일 뿐이었다. 감꽃 향이 떫게 퍼지면, 기억들 사이를 비집고 떠오르는 그날이 나를 철들게 했다.

아버지가 떠난 이후 15년은 한 줌 모래가 손가락 사이로 빠져나가 듯 거침없었다. 그리고 어머니는 아픈 몸이 되었다. 우리는 어머니를 돌봐야 했다.

어머니의 돌보미는 모두 여섯이었다. 셋은 어머니가 낳은 아이들이고 셋은 그 아이들의 아이들이다. 주요 활동가 셋, 보조 활동가 둘, 미세 활동가 하나. 나는 돌보미 3호였다. 어머니의 마음을 가장 애틋하게 사로잡은 돌보미는 간간이 들러 몇 마디 없이 지그시 눈맞춤을 해주고 총총 사라지는 미세 활동가 손자 6호였다.

곁에서 시중드는 일, 과거를 되새김질하는 어머니의 말벗, 등장만으로 기쁜 존재 등등 저마다 역할이 있어서 다행이었다. 그 역할은 아귀가 딱딱 맞아떨어져서 병으로 심술이 난 어머니를 여러 경우의 수로 위로했다.

허둥지둥하던 시간이 지나, 어머니를 빼고 우리는 안정을 찾았다. 어머니의 병이 깊어지도록 신경 쓰지 못한 우리는 죄를 지은 것처럼 미안하고 부끄러웠다. 그래서 우리는 힘을 내야 했다. 아픈 어머니를 돌보는 일은 결국 우리 자신을 위한 것이었다. 어머니 뱃속에서 열 달 동안 받았던 무중력의 보살핌을 기억하고, 사춘기 지나 어머니의 배움을 훌쩍 넘으며 부린 건방질을 속죄하는 시간이어도 괜찮았다. 모두 다 고마운 시간이었다.

어머니는 처음 위암 4기 진단 후 의사를 의심했다. 아픈 곳이 없다고 하셨다. 평소와 다름없이 명랑한 어머니는 얼마 전 다녀온 동창회와 친구들 이야기를 해주셨다. 동창회에서 불렀던 노래도 하셨다. 역시 우리 어머니였다. 며칠 후 어머니는 처음으로 아픈 것을 아주 조금 내비쳤다.

"뭔가 안 좋긴 한가 보다."

어머니께 미안하다고 말했다. 어머니는 자신이 더 미안하다고 하셨다. 더 잘 먹이고, 입혀야 했다고. 정말 충분했는데도 미안하다 하셨다. 심장이 터지는 것 같아 짐승처럼 울었다.

병실은 9시가 되면 불이 꺼지고, 사람들은 믿어지질 않을 만큼 빠르게 잠에 빠졌다. 속도가 다른 숨소리 사이에서 나의 잠은 기약이 없었다. 하염없이 어머니를 바라보았다. 어머니 얼굴엔 표정을 따라 굵게 주름이 파였다.

어머니는 용감하고, 너른 맘을 가졌고, 온화하며 열정적이고, 배려가 많고, 가여운 것을 지나치지 못하고, 많은 사람에게 도움을 주었고, 진실하고, 자식을 사랑하고, 잔소리 같은 연설을 잘하고, 시를 잘 짓고, 모임에서 사회를 잘 보고, 분위기를 잘 이끌고, 어린아이들의 사랑을 받고, 인기가 많고, 현명하고, 노래에 소질은 없지만 분위기에 맞는 선곡을 할 줄 알고, 미운 사람은 미워할 줄 알고, 가식이 없고, 모르는 것은 모른다고 하고, 아는 것은 섬세하게 나누고, 멋진 성격을 가진 사람이다. 제발 힘을 내달라고 잠든 어머니 얼굴에 주름 같은 말을 새겼다.

함께, 여름을 보내고 겨울을 지내면서 '아휴, 덥다 춥다' 말을 건네는 것이 얼마나 소중한지 생각했다. 어린 딸이 옆에서 작게 코를 골거나 낮의 기억으로 잠결에 내뱉는 웃음소리가 내 잠결에도 전해져 미소를 짓곤 했는데, 내가 처음 책상을 가졌던 방에서 혼자 잠들고 혼자 깨어있었을 어머니. 어머니의 작은딸이 아닌 내 딸의 어머니로 치우쳐 있는 나는, 문득 미안함에 가슴을 쓸어냈다. 어머니와 함께한 그 많은 계절을 어디에다 묻어두고, 찾지 않았는지.

어머니가 위암 판정을 받은 그해, 어머니는 맏며느리 58년 만에 처음으로 노동 없는 설을 맞았다. 병으로 몸이 퍼지고 나서야 벗어날 만큼 그 일들이 중요했나 곱씹었다. 어머니 덕에 나도 고단하고 지루한 명절 노동에서 벗어났다. 오롯이 어머니의 자식과 자식의 짝, 자식의 아이들로만 보내는 설이었다. 옹기종기 모여 어쩌면 마지막일지도 모를 어머니와의 설을 보냈다. 뭘 해도 눈물이 찔끔거렸고, 비가 내리지 않는데도 추적거렸다. 하루 대부분을 누워 지내는 어머니에게 화투를 하자고 꼬드겼다. 어머니는 판의 흐름을 잘 읽고, 적게 잃는 쪽을 파악해 자신의 패를 희생할 줄 아는 화투 실력자였다. 말수도 줄어들고, 웃을 때도 우는 것 같았던 어머니에게서 반응이 왔다.

"해 볼까?"

1시간으로 시간을 정하고, 선수들이 들썩였다. 집안에 생기가 돌았다. 어머니는 목뒤에 땀이 날 정도로 몰두했다.

"안 아프네."

30분 정도가 지나서 화투를 끝냈다. 걱정했지만, 속이며 머리며 다리며 몸 곳곳의 통증을 잠시 잊은 어머니의 생기가 반가웠다. 우리는 2차 항암을 끝내고 항암치료를 멈추기로 했다. 그리고 '항암보다 화투' 라고 그날을 추억했다.

괴롭고 아픈 중에 보인 어머니의 태도에 감동하기도 했다. 잠시 요양병원의 치매 어르신과 같이 병실을 사용하게 됐다. 평소 고요하던 병실은 아수라장이 되었다. 제일 힘든 것은 치매 어르신의 욕설이었다. 간병인에게 쏟아내는 욕설은 정말 견디기 힘들었다. 삼 일을 참다, 내가 병원에 항의하겠다고 나서자, 어머니가 말렸다.

"아파서 그라는 걸 어떡하노? 놔두라."

어머니 말이 맞았다. 아픈 사람을 위한 병실에서 아프지 않은 보호자에게 맞추라 항의할 수 없었다. 하지만 잠을 못 자 괴롭기는 어머니도 마찬가지였다. 그럴 때 어머니는 조용히 나가자고 했고 뒤따른 나와 휴게실에서 여원잠을 청했다. 어머니가 품위 있다고 생각했다. 지식과 부가 아닌 지혜와 경험이 결이 된 품위였다. 나도 그렇게 살다 죽고 싶었다. 인생의 마무리가 살아온 날을 해치지 않았으면 좋겠고 죽음이 무서워 나를 잃지 않았으면 좋겠다.

어머니의 돌봄 당번을 마치고 돌아오는 길은 무거웠다. 병실에서 만나는, 아픈 몸이 일깨우는 늙음과 죽음에 대한 생각으로 무서웠다. 어머니가 보여주는 생로병사의 이치로 나는 조급해졌다. 어떤 성취가 간절했다. 나는 어떤 사람으로, 어떤 인생을 살다 떠날지 알아야 했다.

대학과 대학원에서 문학과 교육학을 전공한 나의 오십 대는 어머니와 크게 다르지 않았다. 어머니는 내가 더 많이 배우고 더 많은 경험으로 자신과는 다르게 살기를 바라셨지만, '어머니'의 무게는 모두에게 똑같다. 세상을 나에게 다 맡긴 아이를 위해 나의 시간을 멈추고 돌보는 이로 살아야 했다. 기쁘기도 했고, 아름답기도 했던 육아의 이면은 끝없는 노동으로 버티고 있었다. 무엇보다 20년 가까이 반복하는 일상으로 꿈을 잃고 자신을 잃는 것이 아쉬웠다. 아이의 성장이 내 성취가 아닌데도 주위가 요구하는 장단에 맞춰 살았다. 돌봄의 컨베이어 벨트(conveyor belt)를 쉬지 않고 돌려 가족을 안심시켰다. 그러나 내 마음은 그곳에서 벗어나라고 다정하게 꾸짖었다. 세월을 타고 변했더라도 마음에서 번져 나오는 질문을 막을 수 없었다.

하지만 막막했다. 어깨와 허리 통증은 6개월마다 존재를 드러내고, 퉁명스러운 표정, 당기지 않는 감정, 우울함 등이 잦아지면서 나는 알아차렸다. 나는 늙고 있었다. 그래서 '늙는다'를 동사가 아닌 형용사로 착각하곤 한다.

급기야 오십견도 생겼다. 움직일 때마다 비명을 지르게 하는 팔의 통증으로 정신이 나간 나는 더 간절해졌다. 이대로 내 인생이 끝난다는 생각으로 억울했고 지금까지 목표나 방향 없이 만족하며 산 나에게 화가 났다. 용감함과 품위를 갖춘 어머니의 삶에 한참 못 미쳤다.

그날도 집으로 돌아가는 길이었다. 기차 안에서 낯선 사람의 예의

바른 메시지를 받았다. 기업에서 퇴직한 중장년을 대상으로 한 교육 프로그램을 기획하고 개발하는 PM(Product Manager)으로부터 온 메시지였고, 한번 만나자는 내용이었다. 메시지를 남긴 사람은 낯익은 이름을 전하며 그분의 소개가 있었다고 했다. 3개월 전 참여했던 교육의 담당자였다.

3개월 전 참여했던 교육은 중장년이 새로운 진로를 모색하도록 돕는 프로그램이었다. 매 기수 4:1의 경쟁률로 교육생이 되는 것도 쉽지 않았다. 1차 서류 통과 후, 2차 면접에서 나는 처음으로 월드 카페식 토의 면접을 경험했다. 월드 카페식 토의는 6명의 작은 그룹이 한 테이블에서 정해진 시간 동안 질문에 답을 하고, 참가자 전원이 답을 끝내면, 다음 테이블에서 다른 질문이 기다리고 있었다. 총 7개의 테이블에 각각 질문자와 퍼실리테이터(facilitator)가 배치돼 참가자를 심사했다. 같은 질문에도 개개인의 관점에 따라 다른 답이 흥미로웠다. 다른 사람의 관점을 이해하려는 시도만으로 심장이 유쾌하게 두근거렸다. 이런 질문을 받는 것도 처음이었고, 누군가 내 답을 경청하는 것도 정말 오랜만이었다.

인상 깊었던 실패의 경험과 실패 후, 어떻게 자신을 일으켜 세웠는지, 체계가 없는 2~3인 사회적 기업에 취업했을 때, 구체적 업무가 없다면 어떻게 할 것인지 등의 질문이 있었다. 당황했던 질문은 "5년 후에 나는 어떤 사람이 돼 있을까?"와 "역량을 펼치기 위해 준비하는 것은 무엇인가?"였다. 앞선 질문들도 생각해 본 적이 없지만 이 두 질문으로 더 아찔했다. 5년 후도 지금과 다르지 않거나 어떤 준비 시도도 없었기 때문이었다.

하지만 모르긴 몰라도 면접자 중 가장 신난 사람은 나였을 것이다. 질문 하나하나에 정성껏 답했다. 첫 테이블에서 떨렸던 마음은 세 번째 테이블에선 신이 났고, 평가받는 것을 잊을 만큼 몰두했다. 결과가 좋았다. 일하고 싶은 욕구가 거세게 솟았다. 이 교육을 계기로 이후 3년간 사회적 기업의 파트너 강사로 일했다. 일하는 내내 어머니의 선물이라 여겼다.

처음 소설 '약방할매'를 읽었을 때는 고단한 어머니를 유심히 바라보는 어린 아들이 측은하고 예뻐서 아들의 마음을 꼭꼭 짚으며 읽었다. 시간이 흐른 지금은 어머니가 더 크게 보였다. 여섯 명의 아이가 없어도, 꼬박꼬박 집에 오는 남편이 있어도 어머니는 고단하다는 걸 알기 때문이다. 세상의 어머니들은 아이를 낳으면서 책임도 한 타래씩 받는다. 아이가 숨 쉬며 살 수 있도록, 공동체에 어울리도록 마음을 쓰고 애를 태운다. 종종 '걱정은 어머니의 DNA이다'라는 말도 들린다. 그런 말은 어머니는 걱정을 타고났으므로 삶의 일부로 받아들이라는 충고 같아서 눈을 흘긴다. 세포에 새겨진 걱정이라니.

나도 '약방 할매'가 필요했다. 씨앗으로 품었던 마음이 어머니를 돌보며 증폭됐다. 불쑥거리는 마음이 사라지기 전에 내가 원하는 삶을 고민해야 했다. 그렇게 1인 출판을 시작했다. 첫 직장 출판사 편집부의 경험, 전공 등을 고려한 선택이었다. 출판사 등록, 사업자 등록까지 마치자, 군복을 입은 군인처럼 의무가 생겼다. 기획부터 원고의뢰, 편집, 제작, 영업과 홍보, 마케팅까지 전 과정을 혼자 하는 것이 1인 출판이었다. 쉬운 건 하나도 없었다. 단추를 채우는 일이 단추만의 일이 아니고, 산다는 것이 옷에 매달린 단추의 구멍 찾기 같다고, 단추를 채워보면 알 거라는 시가 가슴에 꽂혔다. 〈천양희, 시 '단추를 채우면서'〉 울면서 '이제야, 다 늙어서, 왜, 때문에'를 고민하는 것과 다른 차원이었다. 비용이 드는 진짜 일이었다. 곳곳의 기회를 포착하려고 애썼다. 뭐 눈에 뭐만 보였는지 신문에서 '출판 보육사업' 키워드를 발견했고, 공유사무실 입주 기회, 멘토링, 출판 교육 기회 등을 제공하는 내용을 확인했다.

"유레카!"

'약방 할매'가 생겼다. 집 밖에 있는 내 책상이 나의 '약방 할매'다. 그 책상은 파주출판단지에 있다. 3년 전 파주출판단지에 1인 출판사로 입주해 얻은 행운이었다. 돌이켜 보면, 출판 보육사업이 초기라 가능했다. 내가 입주했던 3년 전은 신청 기업이 적어 출판사, 디자인, 광고, 마케팅 등등의 소규모 기업들도 함께 했다. 입주 2년 차에는 출판사만 입주할 수 있었고 1년 동안 성과 혹은 노력이 없는 기업은 퇴출당했다. 내게 남은 시간도 앞으로 1년 6개월 정도다. 단단해진 선발기준으로 순도 높은 출간 의욕을 가진 1인 혹은 2인 기업이 입주하고 있다. 그곳에 가로 160㎝, 세로 80㎝의 번듯한 내 책상이 있다.

'집 밖 책상'을 원하면 도서관이나 카페도 가능하지만, 독서대에서 소리가 난다며 무례했던 남자를 만난 후로 도서관과는 이별했고 카페의 백색소음은 나에게는 그냥 소음이어서 집중이 어려웠다. 차라리 집은? 핵심은 '집 밖'이었으므로 가장 부적합했다.

종이신문에 난 작은 광고에 이끌려 지금은 출판에 몰두한다. 파주

출판단지의 내 책상 위에 노트북을 놓는 순간 매직이 일어난다. 동물원에서 탈출한 반달곰 이야기, 꿈을 찾아 모험을 떠나는 가락지 원정대, 사라진 도깨비들의 행방, 인더스트리(Industry)와 엔터테인먼트(Entertainment)가 융합한다. 매직 스페이스에서 생각이 일어나고, 날카롭게 벼른 생각은 고도화한다. 출간할 책을 기획하고, 저자를 발굴해 원고를 받고, 다듬는다. 시장을 염려하고, 인쇄소와 물류를 걱정하면서 책상 위 유니버스를 세우는 중이다. 부족한 돈을 벌기 위해 기업 성과집 제작을 대행하고 책 한 권 값이 소비의 기준이 되었지만, 신난다. 비일상성으로 마음의 능력을 키울 수 있는 공간 덕분이다. 영국 작가 버지니아 울프가 1929년에 남긴 "여성이 작가가 되기 위해서는 돈과 자기만의 방이 있어야 한다"라는 귀띔은 2023년의 나에게도 유효하다.

화가 치밀 때 집 밖 책상은 더 큰 힘을 발휘한다. 화장실에 독한 세제를 쏟아부으며 내 호흡기를 고장 내거나 세탁기를 두고 손빨래하며 화풀이하지 않는다. 이제 다른 패가 있다. 밖으로 나와 책상에 앉으면 된다. 화에 달려들어 피투성이가 되지 않고 나를 구출한다. 책상 하나 생겼을 뿐인데 〈약방 할매〉의 어머니처럼 문을 나섰을 때와 다른 마음으로 돌아간다.

행복하고 싶다. 불행이 자신의 목표인 사람은 세상에 없다. 행복 공식을 만든 폴 사무엘슨(Paul Samuelson)은 '행복이란 소유(Consumption_소비 능력, 비용)를 욕망(Desire)으로 나눈 것' 이고, 소유가 많을수록 혹은 욕망을 적게 가질수록 행복이 커진다고 했다. 최신형 핸드폰을 갖고 싶을 때, 경제력이 있다면, 돈으로 핸드폰을 사면 즉시 행복할 수 있다. 욕망을 충족할 소유가 있는 사람은 행복에 이르는 길이 쉽고 빠르다. 반대로 욕망은 있고 소유가 없는 사람은 욕망을 조절하지 않으면 불행해진다. 수학 공식처럼 간결하고 명쾌한 해법처럼 들리지만, 사람으로서 줄일 수 없는 욕망이 있다. 배고프지 않은 것, 안전한 집에서 사는 것 등은 본질적인 욕망으로 줄일 수 없다. 본질적 욕망은 행복지수 '1'을 유지해야 사람답게 살 수 있다. 배가 고픈데(욕망) 먹을 것이 없다면(소유), 안전한 집이(욕망) 없다면(소유), 행복지수는 소수가 된다. 소수가 된 삶은 절망하게 된다.

$$\text{H\_Happiness} \quad \text{D\_Desire} \quad \text{C\_Consumption}$$

$$H = \frac{C}{D} = \frac{C_1 + C_2 + C_3 + C_4 \cdots\cdots C_n}{D_1 + D_2 + D_3 + D_4 \cdots\cdots D_n} = 1$$

나는 소설 속 어머니의 '약방 할매'와 나의 '집 밖 책상 갖기'가 덜어낼 수 없는 본질적 욕망이라 생각한다. 삶에서 필수 요소라고 느껴진다. 책상에서 고민을 줄 세우고 풀 것인가 더 뭉칠 것인가, 그대로 둘 것인가, 궁리하는 것은 자신과 만나는 것이다. 자신을 대면하고 집중하는 시간 없이 타인을 위해 소유를 다 쓰는 '어머니'는 행복하지 않다.

소설 〈약방 할매〉에서 '약방 할매에게 다녀온다'라고 나간 어머니가 좋은 얼굴로 돌아오는 걸 봤던 어린 아들은 성장해 자신의 가정을 이루었다. 어느 명절 연휴 어머니를 방문한 아들은 '약방 할매'를 물었다. 어머니는 그게 누구인지 되물었다. 아들은 어머니가 기억하지 못하는 '약방 할매'를 찾아 나섰다. '약방 할매'가 있을 만한 집 주위와 산을 빈틈없이 살폈지만, 소득이 없었다. 잠시 헛헛한 마음을 가라앉히려고 산 중턱에 있는 바위에 앉았다. 넓적한 바위에 앉아 들숨과 날숨을 찾고 고개를 들었다. 그때 찾았다. '약방 할매'!

"그곳에서는 아래 주택가의 흰 빨래들이며 추위도 아랑곳하지 않고 뛰노는 아이들, 들판을 둘러싸며 어디론가 흘러가는 냇물, 둑에 서 있는 미루나무가 세세하게 내려다보였다. 바람은 있는 듯 없는 듯하고 아이들 웃음소리가 들렸다 말았다 했다. 나는 담배를 한 대 피워 물었다. 그제야 약방 할매가 누구인지 알 듯했다. 엉덩이 밑의 바위는 저물기 전의 길고 부드러운 햇빛을 받아 아직 따뜻했다."

소설 속 어머니의 '약방 할매'는 바위였다. 훤히 드러난 동네와 재잘거리는 아이들의 모습이 어머니의 약이었다. 그것뿐이겠는가. 마음을 씻는 바람, 혼자의 시간, 고요한 외로움. 덕분에 어머니는 어린 아들이 아버지가 될 때까지 버텼다.

우리는 모두 '약방 할매'가 필요하다. 처방 약이 음식이든 독서이든 처방에 맞는 장소를 갖자. 바위든 책상이든 상관없이 자신의 마음이 펼쳐지는 곳이면 된다. 자신의 목소리를 명확하게 들을 수 있

는 곳이 간절하다. 마음을 듣고 자기 목소리를 내는 사람으로 존재
해야 진짜 사는 것이다.

바람이 잇는 길

진선호

제 7회 경기히든작가 수필 부문

바람이 잇는 길

진선호

방바닥에는 흐물흐물한 옷들이 널브러져 있었다. 또 하나의 옷이 떨어지며 바닥을 채웠다. 벌써 몇 번째 옷이 바닥으로 떨어졌는지 모른다. 못마땅한 표정의 얼굴이 거울 너머로 살짝 비쳤다. 한숨이 절로 났다. 옷장 속의 다른 옷을 꺼내 입어 보고는 못마땅한 표정이 조금 나아졌다. 그러나 이내 고개를 저으며 다시 다른 옷을 꺼내 들었다. 몇 번의 반복으로 옷이 가득했던 옷장은 빈자리를 조금씩 보이더니 어느새 텅 비었다.

"어떤 옷이 제일 괜찮았지?"

거울 속의 내가 물어본다. 바닥에 널브러진 옷을 정리하기 시작하다 문득 시계를 봤다. 머릿속에 종이 쳤다. 옷더미에서 평소에 자주 입던 옷을 찾았다. 뒤적여도 옷이 눈에 들어오지 않았다. 어쩔 수 없이 아무 옷이나 주워 입었다. 이럴 거면 뭐 하러 이 옷, 저 옷을 입어봤을까. 서둘러 밖으로 나가려다가 다시 들어와 책을 가방에

넣고 현관문을 열었다. 뛰다시피 걸어서 버스정류장에 도착했다. 가슴이 위아래로 크게 흔들리며 거친 숨이 연이어 나오고 고개를 쉬이 들 수 없었다. 그런데 떨어진 고개 밑으로 보이는 내 신발이 짝짝이였다.

집을 다시 갔다 오느라 가빠진 숨은 어느 정도 시간이 흘러 진정되었다. 이제야 MP3에서 흘러나오는 노래가 들리기 시작했다. 이어폰에서는 '어쩜 살아가다 보면 한번은 날 찾을지 몰라.' 로 시작되는 SG워너비의 timelss가 흘러나왔다. 절로 흥얼거렸다. 버스는 막힘 없이 달리고 살짝 열린 창문에서 불어오는 바람이 시원하게 느껴지는 그런 날이었다. 하늘에는 식빵같이 생긴 덩어리 구름이 둥실둥실 떠다녔다. 버스는 경복궁역 부근에서 파란색 신호를 기다리고 있었다. 파란색 신호를 받은 차들은 바쁘게 제 갈 길을 가고 있었다. 내 오른쪽 창으로는 서울지방경찰청이 보이고 왼쪽으로는 경복궁역이 보였다. 역 근처에는 사람들이 많아서 자연스레 시선이 향했다. 등산 가방을 멘 어른들은 북악산 방향으로 걷고 있었고, 연인들이 서로를 보며 활짝 웃는 모습들은 조금 부러웠다. 또 누군가를 기다리는 사람들은 말없이 먼 곳을 바라보고 있거나 손에는 담배를 들고 입으로는 연기를 내뿜으며 서 있었다. 이윽고 버스 창밖으로는 북악산을 배경으로 한 경복궁을 보였다. 스쳐 지나가듯이 짧은 순간이었지만 웅장하고 고즈넉한 모습에 시선이 오래 머물렀다.

난 집에서 멀리 나가는 것을 싫어했다. 게으른 탓도 있고 익숙하지 않은 장소는 왠지 거부감이 있다. 남자가 많지 않은 과를 다녀 학교 체육대회 때 과대표로 농구와 축구를 한 적이 있었다. 평소와 달리

관중도 있고 과를 대표해서 경기를 뛴다는 생각에 긴장해서 그 넓은 경기장에서 공만 보였다. 처음인 장소에 가면 이상하게도 체육대회 시간에 공만 보인 것처럼 시야가 좁아지고 습기가 찬 안경을 쓰고 있는 느낌이었다. 또 그 장소가 또렷이 기억나지 않았다. 그런데도 처음인 이곳까지 날 오게 한 것은 '선배, 도서관에서 같이 공부할래요?' 라는 문자 한 통이었다. 그리고 그날은 평소와 달리 깨끗하게 닦여진 안경을 쓴 듯이 맑고 선명하게 기억이 난다.

버스를 타고 오는 내내 약속 시간보다 늦게 된 그럴듯한 변명 거리를 찾았다. 버스가 안 와서? 늦잠 자서? 아무리 생각해 봐도 그럴듯한 이유가 떠오르지 않았다. 버스는 어느새 약속 장소에 거의 도착했다. 하차 벨을 누르고 안국역에서 내렸다. 그리고 파란불이 켜지길 기다렸다가 횡단보도를 건너 약속 장소인 맞은편 버스정류장으로 뛰어갔다. 어! 버스정류장 앞에는 아무도 없었다. 잠깐 편의점이라도 갔나? 너무 늦어서 집에 갔나? 내심 혼자서 걱정하고 있었다. 전화기를 들고 연락처를 찾고 있을 때 버스 한 대가 정류장 앞에 섰다. '삑' 소리가 나며 뒷문이 열렸다. 아주머니 한 분이 내리고 뒤이어 말끔하게 정장을 입은 아저씨 한 분이 내렸다. 그리고 버스 뒷문으로 하얀색 삼선 스니커즈와 청바지를 입은 사람이 계단을 내려오고 있었다. 이윽고 분홍색 티셔츠 위에 얇은 바람막이를 입은 익숙한 얼굴의 후배가 보였다. 학교에서는 오똑한 콧날 위로 안경이 보였는데 오늘은 없었다. 후배 눈이 더 커 보였다. 후배는 정류장에 내려 고개를 돌려 두리번거리다 나와 눈이 마주쳤다.

"선배!"

맑은 목소리로 나를 불렀다. 그리고 폴짝 뛰어 내 앞에 웃으며 섰다. 후배의 긴 생머리가 흩날렸고 등에 멘 잔스포츠 가방이 위아래로 흔들렸다. 늦었다는 걱정거리는 사라지고 반가움이 내 마음을 채웠다.

여기까지 오기 쉽지 않았다. 스마트폰을 들고 10시가 되기를 기다렸다. 9시 59분에서 10시로 숫자가 바뀌자마자 예약 버튼을 눌렀는데도 쉽지 않았다. 참 인기가 많다. 한 번의 실패, 그리고 한 달 정도의 기다림. 두 번째 예매에서 아내가 티켓팅에 성공했다. 역시 운은 나보다 훨씬 좋은 사람이다. 덕분에 지하철역에서 나와 깜깜한 밤에 고즈넉한 자태를 뽐내는 경복궁을 향해 걸어가고 있다. 예약한 티켓을 발권하러 가는 길에 현장 예매를 위한 대기 줄이 매표소부터 길게 늘어서 있는 모습이 보였다. 예약을 성공한 아내에게 절로 감사하게 되었다. 티켓을 발권하고, 언제부터 이토록 치열한 예약 경쟁을 할 정도로 궁궐이 좋아지게 되었는지 곰곰이 생각해 봤다.

몇 년 전쯤 명절 연휴, 경복궁에 갔다. 명절에는 TV에서 한복을 입고 궁궐에 간 사람들의 모습을 많이 봤다. 그 기억 때문인지 나 역시 명절 분위기를 내고 싶어서 설날에 부모님을 모시고 아이들과 함께 경복궁에 갔다. 가족끼리 사진을 찍고 산책하듯이 경복궁 한 바퀴를 돌고 나왔다. 두 번째 경복궁 방문은 첫 방문으로부터 2~3년이 흘러 아이들이 초등학교에 들어간 이후였다. 아이들에게 역사적 공간인 경복궁에서 뭔가를 얘기라도 해줘야겠다는 의무감이 들었다. 경복궁에 가기 전, 몇 권의 책을 읽었다. 기대와 달리, 아이들은 내가 하는 이야기를 듣지 않았다. 오히려 아내가 더 좋아했다. 그 시점을 기준으로 경복궁이 새롭게 느껴졌다. 전에는 아무 의미도 없었던 광화문이 달리 보였고 근정전이 다시 보였다. 풍경마저 달랐다. 근정전의 근엄함이 느껴지고 경회루와 향원정의 아름다움은 깊어졌다. 그렇게 궁궐의 매력에 빠져 지금 경복궁 야간 개장을 보기 위해 집에서 한 시간이 넘는 여기까지 왔다.

옛 기억에 빠져도 보고, 궁궐 풍경을 감상도 하고, 지나가는 사람을 구경도 하며 시간을 보내고 있었다. 그때, 광화문을 지나 환하게 웃으며 크게 손을 흔들며 걸어오는 아내가 보였다.

쓱쓱, 스스슥 펜이 바쁘게 종이와 부딪히는 소리가 열람실 곳곳에서 들렸다. 열람실의 책상은 앞, 뒤, 옆 칸막이가 높게 올라가 의자에 앉으면 책상만 보였다. 책상 한 귀퉁이에는 '이진우♡김영미'란 낙서들이 군데군데 보였다. 중고등학생들이 낙서했구나! 생각이 들며 피식 웃음이 나왔다. 나도 모르게 펜을 들어 번개 모양을 이용하여 하트를 반으로 갈라놓기도 하고 이름에 있는 '이'라는 글자를 '안'으로 바꾸며 낙서에 동참했다. 옆에 앉은 후배 책상에서 책장을 넘기는 소리가 들렸다. 퍼뜩 정신이 들며 그제야 나도 책을 폈다. 조금 있으면 복학하고 처음 보는 중간고사가 시작한다. 열심히 공부해야 할 때다. 더구나 오늘은 공부를 열심히 해야 할 이유가 있지 않은가. 멋진 이미지를 보여주어야 한다. 책에 집중한다. 다른 자리에선 들리는 펜이 종이와 부딪히는 소리가 내 자리에서는 나지 않았다. 스르륵 조용히 눈이 감긴다. 폭포수에서 물 떨어지듯 고개가 크게 떨어졌다. 깜짝 놀라 눈이 크게 떠졌다. 하지만 곧 눈꺼풀 위와 아래가 붙어버렸다. 그리고 고개가 다시 떨어졌다. 몽롱한 감각이 지속되었다. 얼마나 시간이 지났을까. 누가 내 어깨를 톡톡 건드렸다.

"선배, 잠깐 쉬었다가 할까요?"

"그럴까?"

혹시 조는 모습을 들킨 건 아닐까 생각하며 일어났다. 아직은 공부에 적응할 시간이 좀 더 필요한 것 같다. 후배를 따라 도서관 열람실 건물 앞에 있는 정원으로 나갔다. 건물만 덩그러니 있는 일반적인 도서관과는 다르게 정원이 무척 컸다. 정문 앞에는 아직은 운영하지 않은 분수대가 있었다. 그 주위로는 크고 작은 나무들과 잔디가 도서관 앞의 넓은 공간을 가득 메웠다. 나무 그늘을 따라 천천히 걸었다. 길을 따라 벤치들이 한가롭게 쉬고 있었다. 거무튀튀하고 여기저기 갈라진 나무 벤치 위로 등나무 줄기들이 서로 몸을 감싸며 따뜻한 봄 햇살을 가려주었다. 빛바랜 도서관 외관과 열람실의 요즘 보기 힘든 책상에서 도서관의 연륜이 느껴졌다. 오래된 문화재처럼 고즈넉한 분위기마저 들었다.

후배가 먼저 등나무 밑 벤치에 앉으며 우리는 등나무 밑에 자리를 잡았다. 잠시 정적이 흘렀다. 무슨 말을 할까. 입술만 달싹댔다.

"어머, 너희 여기 웬일이야."

"어! 언니."

"어쩐 일이야? 공부하러 왔어? 선호도 왔네."

세상 좁다. 같은 과 누나를 여기서 만나다니. 분명 우리 집 근처에 사는 걸로 아는데 집 근처 도서관은 놔두고 왜 여기까지 와서 공부하는 걸까. 그것보다 누나는 공부와 거리가 있어 보였다. 누나는 나보다 한 살이 많았는데 다른 학교에서 공부하다가 적성에 맞지 않아 우리 학교에 왔다고 했다. 학교에서 누나는 내 친구들과 함께 종종 술자리를 함께했다. 집이 같은 방향이어서 지하철에서도 이런저런 얘기를 했는데 그냥 밝은 사람이었다. 하지만 나중에 알고 보니 매년 장학생이었다.

"야 근데 너희 뭐야. 왜 둘이 같이 있어?"

묘한 미소를 지으며 누나가 나를 보며 물어봤다.

"어? 그냥"

누나의 시선을 마주하지 못하고 고개를 돌리며 말했다.

"그런데 누나는 여기서 공부해? 마포역 근처에 살잖아."

"어. 나도 그냥."

아까보다 더 묘한 미소를 지으며 누나가 말했다. 시험성적표를 숨겼다가 들킨 것 같은 기분이다. 귀가 뜨겁다.

"누나 음료수 먹을래?"

화제를 돌려 본다. 두 사람에게 음료 주문을 받고 잠시 자리를 벗어났다. 여기서 같은 과 사람을 만나다니 놀랄 노 자다. 죄지은 것도 없는데 놀란 가슴을 진정시키며 음료를 들고 등나무 벤치로 갔다. 여자 둘이 신나게 수다를 떨고 있었다. 맞다. 둘은 꽤 친했다. 난 그들의 대화에 간간이 추임새에 넣고 대화에 끼었다. 아까 전의 어색했던 고요함이 사라져서 다행이었다.

계단을 한 걸음 한 걸음 올라 근정문 앞에 섰다. 시선을 위로 올리니 불빛에 반사된 근정전이 매우 화려했다. 깜깜한 밤하늘을 배경으로 근정전만 밝게 빛났다. 누가 봐도 스포트라이트를 받는 주인공의 모습이다.

근정문을 넘어 한 계단씩 밟고 내려와 근정전의 영역 안으로 들어선다. 계단 아래로는 밤의 고요함이 짙게 깔려있었다. 넓은 조정의 가운데 길은 다른 길보다 높게 솟은 임금의 길, 어로가 근정전까지 길게 이어져 있었다. 어로 양쪽으로는 어로보다는 살짝 낮고 다른 곳보다는 약간 높은 길이 두 개가 있다. 어로 동쪽은 문관들이 다니는 길이고 서쪽은 무관들이 다니는 길이다. 그 길옆으로 품계석이 고개를 조아리듯 서 있었다. 품계석 사이로 사람들이 보인다. 저마다 근정전을 배경으로 열심히 사진을 찍고 있었다. 우리도 그들과 동화되었다. '찰칵' 궁궐의 밤 분위기를 아내와 같이 담았다. 이곳저곳을 배경으로 삼아 셔터를 누르는 손길이 바쁘다.

"Excuse me"

낯선 언어가 귀에 꽂혔다. 고개를 돌리니 얼굴이 하얗고 키가 큰 외국인이 임금님 옷인 곤룡포를 입고 익선관을 쓴 채로 웃으며 서 있었다. 난 외국인의 말에 적당한 대답을 하지 못하고 친절한 표정을 지으며 물끄러미 쳐다봤다. 외국인은 핸드폰을 보여주며 말했다.

"포토 오케이?"

"오케이."

임금님 옷을 입은 외국인은 나에게 핸드폰을 주고 일행들에게 뛰어갔다. 그 일행들을 보니 다들 한껏 꾸미고 왔다. 임금님, 내시, 사

또, 장군님 네 명이었다. 어디서도 보지 못할 조합이다. 웃음이 나온다. 외국인들이 포즈를 잡기 시작했다. 하나는 검을 휘두르고 있는 포즈, 또 다른 하나는 활을 쏘는 포즈, 그리고 한 사람은 마치 뛰어내리는 듯한 포즈까지! 그중에 옷과 어울리지 않게 내시 옷을 입은 사람이 가장 비범하고 멋진 포즈를 하고 있었다. 그들 모두 영화 어벤져스 주인공 같았다.

난 핸드폰을 세로로 들고 가로로도 들고 찍고 인물 중심으로, 때로는 배경 중심으로 찍고 또 찍었다. 그때마다 외국인들은 시선이 집중되는 포즈를 새로 만들었다. 주변에서는 우리를 바라보는 눈길이 많아졌다. 사람들의 이목을 받은 촬영이 끝났다. 외국인 친구들은 내가 찍은 사진을 보며 자기들끼리 알 수 없는 대화를 하며 웃고 떠들었다. 이윽고 나를 보며 엄지를 치켜세우며 어색하게 "고마워요"라고 말했다. 유쾌한 외국인들과의 만남 후에 내 사진 포즈도 과감해졌고 아내와 나는 웃을 일이 많아졌다.

우리는 자리를 옮겨 근정전을 바라보고 오른쪽 행각 끝으로 발걸음을 옮겼다. 그곳은 〈나의 문화유산답사기〉에서 유홍준 교수가 근정전이 제일 아름답게 보인다는 장소였다. 근정전을 사이에 두고 오른쪽은 북악산, 왼쪽에는 인왕산이 있어 근정전이 돋보였다. 근정전 오른쪽의 처마 라인이 북악산 능선과 연결되는 듯한 모습은 일부러 이렇게 지었을까 하는 의구심이 들 정도다. 근정전을 바라보고 왼쪽에 있는 인왕산은 한양 성곽길 조명이 들어와 밤 분위기를 더욱 밝혀줬다.

밖에서 신선한 공기도 마시고 들어와 괜찮을 듯했는데 전날 밤을 새웠었나 싶을 정도로 종일 졸렸다. 책은 눈에 들어오지 않았고 좁은 열람실 책상에서 엎드려 잤다가, 옆으로 기대 잤다가, 똑바로 앉아서 졸기도 했다. 그 와중에 조금 전에 내가 장난친 낙서를 보고 씩- 웃음이 나왔다. 살짝 잠이 깼다. 책으로 시선을 돌리지만 흰 종이 위에 검은색 그림일 뿐이다. 문득 후배도 집에서 여기까지는 거리가 있는데 왜 여기까지 와서 공부하자고 했을까 궁금했다. 아까 만난 누나도 그렇고 후배도 멀리까지 잘 다니는 게 신기했다. 처음 도서관에서 보자는 후배의 문자를 받고 답장 대신 전화를 걸었다. 문자는 쓰기도 귀찮고 어감이 느껴지지 않아서 보통은 전화를 좋아한다.

"여보세요. 방금 문자 받은 하늘 같은 선배님이야."

"아. 하늘 같은 선배님!"

이렇게 이어진 통화는 한 시간이 넘게 이어졌다. 말이 잘 통한다고 생각했는데 막상 만나보니 할 말이 생각나지 않았다. 이상했다. 이런저런 생각들이 꼬리에 꼬리를 물고 이어졌다.

톡톡 누군가 또 내 어깨를 가볍게 두드렸다.

"선배 이제 갈까요?"

후배는 수업 시간에 제일 뒤에 앉는 나와 다르게 맨 앞에 앉아서 공부를 열심히 하고 장학금을 받는, 다른 차원의 사람이었다. 그런데도 공부한 지 얼마 되지 않아 도서관을 나가자고 해서 이상했다.

"공부 좀 더하다 가지 왜?"

"선배가 잠만 자서 안 되겠어요."

아! 조금 전에는 졸지 않았는데 억울했다. 그래도 내내 잔 건 사실이니까 군말 없이 짐을 챙겼다. 그리고 나 때문에 후배가 공부를 못해서 미안했지만, 도서관을 나갈 수 있어서 기분이 좋았다.

"그럴까?"

머쓱한 웃음을 지으며 가방을 메고 나갔다. 도서관 밖으로 나가서 안국빌딩을 지나 후배와 나란히 인사동 길을 걸었다. 차들이 지나지 않은 거리 양쪽으로 키가 큰 가로수들이 초록 잎을 무성하고 짙게 만들고 있었다. 나무 그늘 아래로는 길의 시야 끝까지 수많은 사람이 보였다. 길 양쪽으로는 상점들이 즐비했다. 읽을 수 없는 한자로 쓰인 간판, 서예 글씨로 쓰인 간판, 골동품 상점, 도예점 등 평소에는 볼 수 없었던 상점들이 많았다. 개중에 제일 많은 곳은 찻집이었다. 여기에 가면 달걀노른자를 둥둥 띄운 쌍화차를 파는 건가. 난데없는 의구심이 들었지만 확인하고 싶지는 않았다.

메인 도로 옆의 골목길에서 선선한 바람이 불어왔다. 골목길은 사람 두 명이 나란히 걸으면 꽉 차 보였다. 그 길 양옆으로는 한옥으로 꾸며진 건물들이 정겹게 마주 보며 웃고 있었다. 이번에는 반대쪽 골목길에서 바람이 불어왔다. 골목의 폭은 비슷하지만, 상대적으로 사람이 적었다. 상점들도 없었다. 앞서 봤던 골목길과는 분위기가 판이했다. 인사동길 사이사이 골목길들이 저마다 다른 분위기였다. 서울 곳곳 골목길에 흩어진 시간의 향기가 한곳으로 모인 느낌이었다.

아까 도서관 벤치에서와 같이 어색한 기운이 스멀스멀 올라왔다. 둘이 있으면 할 말이 생각나지 않았다. 조금씩 긴장감이 고조되며 나를 옥죄는 느낌이 들었다. 말없이 둘만 있어도 좋다는 영화 속 대사들은 다 거짓이었다. 어색한 분위기를 깨기 위해 떠오른 말이라고는 '공부는 재밌었어?', '나 코 골지는 않았어?' 와 같이 죄다 쓸데가 없었다.

탁탁탁, 누군가 급하게 뛰어오는 소리가 뒤쪽에서 들렸다. 고개를 돌려 보니 한 남자가 빠르게 뛰어오고 있었다. 그 모습에 나도 모르게 후배를 내 뒤로 잡아당기며 후배 앞으로 나섰다. 바람이 불며 그 남자가 스쳐 지나가고 이윽고 바로 뒤에서 경찰이 뛰어오고 있었다.

"저 사람 도망가나 보다."

먼저 뛰어간 한 남자를 손으로 가리키며 말했다. 이윽고 경찰이 스쳐 지나갔다. 조금 전에 뛰어간 남자와 경찰 모두 힘든 표정이었다. 꽤 오래 추격전을 벌인 것 같다.

"아까 저 사람 발이라도 걸었어야 했나? 뛰어가서 도와줄까?"

"선배!"

후배가 눈을 세모나게 뜨며 고개를 흔들었다.

"뭐야, 그 표정은, 나 지금 뛰어도 저 사람 잡을 수 있어."

"선배, 괜히 다치지 말고 그냥 가던 길 가요."

길 먼발치에 뛰어가는 사람 쪽을 바라보던 나의 옷깃을 잡아당기며 후배가 말했다. 인사동 길을 걸으며 난 방금 그 일을 충분히 도와줄 수 있었다. 후배는 '과연 그럴 수 있었을까요?' 라고 물으며 옥신각신했다. 우리 주변을 맴돌던 어색한 공기가 조금은 사그라들었다. 기분 좋은 봄바람이 불어왔다.

"와"

감탄사가 절로 나왔다. 근정전을 지나 연못 위에 떠 있는 경회루를 보며 나온 소리였다. 분명 근정전이 제일 좋았는데 경회루의 야경을 보자 근정전의 모습은 머릿속에서 잠시 지워졌다. 위엄 있는 지붕 아래로 조명이 비추어 화려한 단청이 더 돋보였다. 그 모습이 연못에 고스란히 비추어 은은한 경회루가 하나 더 있었다. 아름다움이 두 배가 되는 순간이다. '멈추어라 순간이여.' 너는 참 아름답구나' 라는 괴테의 말이 생각났다. 나의 영혼은 경회루에 팔렸다.

바람이 불며 두 경회루 중의 하나가 일렁인다. 바람 소리와 함께 가야금, 쟁기 등의 전통악기 소리가 들린다. 나룻배가 둥둥 떠 경회루 주위를 돌며 운치를 더한다. 경회루 누마루 바깥쪽에는 엄선하여 뽑은 기생인 홍청들이 덩실덩실 춤을 추고 있다. 누마루 가운데에서는 곤룡포를 입은 사내의 웃음소리가 들린다. 흥청망청 즐겁게 놀고 있다.

바람이 분다. 경회루가 불에 타고 있다. 이윽고 경회루의 석조기둥만 남았다. 임금은 피난 갔다. 우리 것을 지키지 못한 안타까움이 전해진다.

바람이 분다. 뚝딱뚝딱 한창 공사 중이다. 공사가 끝이 나고 보니 아까 보았던 그 경회루다. 당백전까지 발행하며 돈을 많이 썼다. 백성들의 원망이 들렸다.

바람이 사그라든다. 일렁이는 연못 위로 아름다운 경회루가 제 모습을 갖췄다. 바람 따라 켜켜이 쌓여있는 경회루의 기억을 엿보았다. 여러 사연을 가지고 있어 보듬어 주고 안아주고 싶었다. 눈으로 보는 직관적인 아름다움과 함께 오랜 세월을 겪으며 아픔을 이겨낸 내면의 단단함까지 사랑하게 되었다.

인사동 길 곳곳에는 사람들의 시선을 끄는 좌판이 많았다. 어렸을 때 가지고 놀던 장난감이 모여 있는 곳, 옻칠한 나무로 만든 조각품들, 직접 만들었다는 액세서리들을 파는 곳 등 다양한 물건들이 좌판에서 주인을 기다리고 있었다. 신기하게도 수많은 좌판이 전에 친구들하고 이 길을 지나갔을 때는 눈에 들어오지 않았다.

우리는 장난감이 모여 있는 곳에서 어렸을 때 무슨 장난감을 좋아했는지 물어도 보고 나무 조각품의 섬세함에 감탄하기도 했다. 그리고 액세서리 파는 곳에서는 발을 떼지 못했다. 후배는 귀걸이, 팔찌 등등을 구경했다.

"선배, 나는 심플한 액세서리를 좋아해요. 링이 크거나 주렁주렁한 한 것들은 싫어요. 잘 기억해 놓아요."

"어어. 그래."

후배는 장난기 어린 웃음을 지으며 본인의 취향을 말했다. 하나 사 달라는 건가, 아니면 그냥 농담한 건가, 알쏭달쏭해하며 대답했다.

우리는 다시 걸었다. 길 곳곳에는 작은 갤러리가 있었다. 후배는 나에게 미술관에 가봤냐며 물었다. 나는 미술관과는 거리가 멀었다. 후배는 중학생 때부터 미술관에 다녔다고 했다. 마음속으로 감탄사가 나왔다. 난 그림을 보면 그냥 잘 그렸다는 느낌 외에는 그 어떤 느낌도 들지 않았다. 특히 피카소의 그림이 왜 잘 그린 그림인지 이해가 안 간다. 후배는 중학교 시절 화가이신 미술 선생님의 작품

전시회를 처음 본 후 미술관에 자주 다녔다. 종종 친구들과 함께 구경하러 가곤 했고, 때로는 미술 선생님, 친구들과 함께 전시를 보러 가기도 했다. 그래서 미술관이 친숙하고 재미있다고 신이 나서 말했다. 그러면서 다음에는 같이 미술관을 가보자고 말했다. 내 왼쪽 뺨에서 시작한 미소의 물결이 오른쪽 입술까지 출렁였다.

저 앞을 보니 리어카 앞에는 사람들이 길게 줄을 섰다. 호떡을 파는 곳이었다.

"저기 호떡이 맛있나 보다. 호떡 먹을래?"

"좋아요."

우리는 호떡집으로 발걸음을 옮겼다. 호떡집에는 우리가 줄을 선 이후에도 우리 뒤로 줄이 계속 길어졌다. 하지만 호떡이 빠르게 나와서 앞쪽으로 줄이 줄어들며 줄의 길이는 처음 왔을 때와 비슷하게 유지되고 있었다. 어느새 우리 차례가 되었다. 종이컵에 쌓인 동그란 호떡에서는 뜨끈뜨끈한 열기가 손끝으로 전해졌다. 호떡을 나눠들고 크게 한입 베어 물었다. 바삭바삭한 호떡의 식감이 입안에 퍼짐과 동시에 호떡 안에 있던 고명이 새어 나왔다.

"앗. 뜨거워!"

갓 만들어진 호떡 속의 고명이 내 입술 한쪽 끝을 타고 턱으로 흘러내렸다. 정신이 번쩍 들 만큼 뜨거웠다. 꿀을 닦아내고 보니 고명이 흐른 대로 피부가 빨갛게 달아올랐다.

"선배, 괜찮아요?"

"어. 괜찮아."

솔직히 턱이 따가운 거보다는 창피한 마음이 컸다.

"선배. 괜찮죠? 그런데 그 턱이 빨개진 게 꼭 김치찌개 먹다가 흘린 것 같아요."

라고 말하며 후배가 미소 지었다.

"뭐라고? 하하하"

둘은 큰 소리로 웃었다.

어느덧 경복궁 야간 개장이 끝이 났다. 광화문을 나와 길을 건너 인사동 방면으로 걸었다. 야트막한 언덕 위에서 날카로운 바람이 불어와 계절이 바뀌고 있다고 얘기해줬다. 발걸음이 절로 바빠졌다. 길 건너 보이는 동십자각의 따스한 조명이 추위를 막아는 주는 듯했다. 동십자각 옆으로 안국역 앞 사거리가 눈에 들어왔다.

사거리를 봤을 뿐인데……. 추억과 기억은 같은 공간을 다르게 보는 힘이 있다. 같은 공간에 더 많은 의미를 담을 수 있다. 도서관의 향기, 그때 내가 앉았던 자리와 내 맞은편에 앉았던 후배의 자리, 등나무 벤치에서 또 다른 동기를 만났던 일들이 영화처럼 좌르륵 떠올랐다. 그래 그 길이다. 후배와 함께 도서관을 등지고 내려갔던 그 길. 그때와 다른 건 잎이 떨어지기 시작한 나무들, 길을 걷는 사람들, 상점 간판들뿐이다. 어렸을 때 살던 곳이 재개발로 그 형태가 사라졌던 것에 비해서 이곳은 재개발, 재건축 등의 큰 변화가 없는 지역이다. 감사하게도 도시의 골조가 변하지 않았다. 남아있는 것, 변하지 않은 것의 도움으로 과거의 기억과 추억을 온전히 오래 간직할 수 있다.

보글보글 맛있는 소리가 울린다. 냄비 안에 가득 찬 햄과 소시지와 부두들 옆으로 빨간 국물이 냄비 밖으로 탈출하려는 듯이 끓고 있다. 테이블 위로는 칼칼하면서도 구수한 향기가 떠다니며 코끝을 간지럽혔다. 테이블에는 먹음직스러운 밑반찬들이 조그마한 접시에 담겨 서로를 봐 달라고 아우성친다. 그리고 그 옆으로는 겉에 하얗게 김이 서린 소주 한 병이 있다. 소주를 잡고 뚜껑을 돌린다. '딸깍' 기분 좋은 소리와 함께 후배 한잔 나 한잔 잔, 번갈아서 잔을 채우는 손이 정겹다.

"자, 짠. 오늘 공부 열심히 한 우리를 위하여."

술이 달다. 후배는 입만 살짝 데고 거의 안 마셨다.

"선배, 그런데 선배도 공부했어요?"

아까 봤던 장난기 어린 얼굴이다.

"그럼, 집중이 잘 되더라."

"아아. 계속 고개를 숙이고 있던 거 같았는데."

"어? 봤어?"

후배는 공부를 열심히 해서 내가 조는 모습을 못 봤을 줄 알았는데 언제 또 봤을까? 얼굴이 화끈해졌다.

"선배, 귀 빨개졌는데요?"

환하게 웃으며 말했다. 학교에서는 얼굴만 알고 말은 거의 해보지 않은 데면데면한 사이였다. 오늘 학교 밖에서 처음 만나서 오래도록 얘기를 해봤다. 중간중간 보이는 장난기 어린 표정과 말투, 원래 이런 성격이었구나.

화제를 달리해서 얘기를 이어 나갔다. 숟가락 들기가 어려울 정도로 이야기가 끊이지 않았다. 언제 이런 적이 있었는지 모르겠다. 부대찌개 집에서 한참 동안 저녁을 먹었다. 시간이 금세 갔다. 식당을 나서고 우리는 각자 어느 방향으로 가는지 물어보며 헤어질 준비를 했다.

"선배, 저 갈게요."

"어 그래. 잘 가."

조건반사적으로 대답이 빠르게 나왔다. 그리고 잠시 머뭇거리며 말했다.

"어 그리고."

후배는 말없이 나를 바라봤다.

"어 그러니까 음. 우리 만나보지 않을래?"

나도 몰랐다. 내가 왜 급작스럽게, 아무 준비도 생각도 없이 이런 말을 했을까. 내 입이 원망스러웠다. 조심스레 후배 눈치를 봤다.

"선배 저 내일 얘기해도 돼요?"

"어. 그래? 어어 잘 가."

예스도 그렇다고 노도 아닌 대답. 오늘 내내 밝은 표정으로 이야기 했던 후배가 웃지 않고 약간은 굳은 얼굴로 대답해서 조금은 당황했다. 내일이면 내가 원하는 답이 올까? 아니 모레 연락을 주려나? 후배와 헤어진 나는 조금 전의 낯선 후배의 표정이 계속 생각났다. 그리고 대답을 기다릴 수는 있을지 생각하며 길에서 이리저리 왔다 갔다를 반복했다.

발걸음을 옮겼다. 점점 가까워졌다.

"지수야."

지수가 돌아보며 말했다.

"어. 선배 안 갔어요?"

그리고 하지 말아야 할 말을 하고 말았다.

"지금 얘기해주면 안 될까?"

어쩜 저렇게 성급하고 눈치가 없었을까. 그때를 생각하면 지금도 자다가 이불을 발로 찬다. 만약 그 당시로 돌아가면 후배의 대답이 며칠이 걸려도 여유 있게 기다려 주는 선배였다면 어땠을까. 상념에 젖어본다. 내가 서 있는 곳은 후배와 내가 헤어지기 직전 갑작스러운 고백을 했던 그 당시의 탑골공원 앞이다. 캄캄한 어둠이 짙게 내리던 시간대도 비슷하다. 고개를 돌려 옆에 있는 아내를 바라보았다. 바람이 불며 아내의 머리카락이 흩날렸다. 앞을 바라보고 있는 아내의 귀에는 조그마한 큐빅형 귀걸이가 조용히 존재감을 드러내 있었다. 아내가 나를 바라보며 눈이 마주쳤다.

"여보, 우리 예전에 정독도서관에서 처음 만나서 공부했던 거 기억나?"

2023 경기히든작가 선정작품집
제 7회 경기히든작가 수필 부문

초판 1쇄 인쇄 2023년 10월 31일
초판 1쇄 발행 2023년 10월 31일

지은이 김아름 권이연 나경호 이해정 진선호
발행인 김경미
펴낸곳 (주)피카소

등 록 2021년 3월 26일 제2021-000072호
주 소 (우:10510) 경기도 고양시 덕양구 지도로45, 3F (주)피카소
전 화 070-7809-3690
팩 스 0504-329-7460
이메일 chk-00@naver.com